Net Een Waarheid

Droom om te leef
Volume 1

Marsofine Krynauw

Outeur: Marsofine Krynauw
Voorbladontwerp: Ria Richards

Geset in Franklin Gothic Book 11pt

Hoofstuk 1

"My liefste vrou, is hy nie te pragtig nie, ons eie seun! Dankie vir ons seun. Hy is so volmaak gevorm, en tog ook so broos. Ons eie klein Tyron," koer Tony Harris, trots oor hulle eersteling wat pas gebore is.

"Hy is werklik so volmaak, so pragtig. Ek is dankbaar dat hy gesond is. Kyk net sy bos swart hare! Ek kan werklik nie glo dat hierdie klein mensie in my liggaam gevorm is nie," eggo Arlene haar man se bewondering en trots vir hulle babaseun.

Tony en Arlene Harris is al byna vyf jaar getroud en het gesukkel om swanger te raak. Hier by Sierra Mediese Hospitaal in die voorstad *Kings Row* in Reno, Nevada, het vandag vir hulle 'n wonderwerk gebeur.

Nadat Tony byna deur verpleegpersoneel uitgesmyt is, help die suster op nagdiens, Claire Kelly, Arlene om haar nuwe baba aan haar bors te sit. Dit is 'n gesukkel vir die nuwe mamma.

"Toemaar, moenie moed opgee nie, mevrou Harris. Probeer ontspan asseblief. Dit neem maar 'n tydjie om die slag van borsvoeding baas te raak. Ek neem hom eers weg dat u kan rus. Ek bring hom weer later in die nag, dan probeer ons weer."

"Baie dankie. Ek voel so dom. Ek wil so graag borsvoed."

"Probeer nou net rus. Om geboorte te skenk, is nie maklik nie. Jy sal regkom, jy sal sien."

"Dankie, Suster Kelly."

Getrou aan haar woord bring sy weer die klein mannetjie later die nag en hierdie keer gaan dit beter en neem hy die bors. Arlene is in ekstase.

"Ja, dit is die wonderlikste gevoel vir 'n moeder as sy haar baba suksesvol kan voed. Ek los hom hier by u. As u hom klaar gevoed het, kan hy net hier in sy wiegie slaap."

"Dit sal wonderlik wees, baie dankie vir die hulp."

Arlene is in die sewende hemel van geluk. *My baba drink! Ek kan nie wag om vir Tony te vertel nie. Hy sal so trots wees op my.*

Sy streel met deernis oor die swart koppie en haar hart wil bars van geluk. Wanneer hy aan albei borste gedrink het, lê sy hom versigtig neer.

Hy is so klein en so pragtig. Ek sal nooit genoeg na hom kan kyk nie.

Sy klim terug in haar bed en kyk nog vir 'n wyle na haar babaseuntjie.

Die volgende oggend voed sy hom weer en is baie tevrede as sy merk dat hy slaap. In die kraamsaal is dit baie besig. Daar is mense in die gange en sy hoor net hoe hulle skarrel. Net na tien kom daar 'n vrou in 'n uniform by haar deur in. *Dit moet seker een van die nuwe dagpersoneel wees?*

"Môre, mevrou Harris. Ek kom net u baba haal dat die dokter kan kyk of daar dalk enige tekens van geelsug is."

"Dan is dit goed, ek hoop nie daar is iets fout met hom nie. Hy het nie lank gelede lekker gedrink. Suster Kelly sal baie bly wees om te hoor dat hy sommer sterk drink," gesels Arlene met die vrou.

2

Die vrou antwoord haar nie en stoot net die wiegie met klein Tyron by die deur uit. Sy beweeg tussen die ander personeel deur, maar niemand neem eintlik van mekaar notisie nie, want almal se werk is dringend. Sy stoot die wiegie by die babakamer in, net tot binne die deur. Dan tel sy die baba, wat reeds soos 'n papie toegedraai is, op en gooi 'n kombersie wat in die wiegie was, oor sy koppie.

Vinnig stap sy by die gang af, uit by die kraamafdeling en by die voordeur van Sierra Mediese Hospitaal uit. Niemand keer haar of vra vrae of vermoed enigiets nie.

Sowat 'n uur later kom een van die verpleegsters, Sonia Scott, by Arlene se kamer in om haar bloeddruk en koors te neem.

"Mevrou Harris, goeiedag. Waar is klein Tyron dan? Die suster het gevra dat ek moet kyk of u nog hulp nodig het met die borsvoed."

"'n Suster of verpleegster het hom kom haal en gesê dat die dokter wil bloed trek om te kyk of daar dalk enige tekens van geelsug is."

"Nee! Ek dink nie so nie. Dit word nie deur 'n dokter gedoen nie. Wanneer het sy hom kom haal?"

"So 'n uur gelede."

"Ek is nou terug."

Arlene is skielik baie gespanne en dit voel of iemand haar keel toedruk.

Wat gaan nou aan? Die vrou het tog gesê dit is hoekom sy vir Tyron kom haal ... dan het sy seker bedoel sy gaan bloed trek en die dokter sal die uitslae later kry. Sy was tog in 'n uniform, so sy moet een van die personeel wees!

Sonia kom by die kamer ingestorm, gevolg deur die saalsuster en die matrone.

3

"Mevrou Harris, hoe het die vrou gelyk wat jou baba kom haal het?" vra Matrone Johnson bekommerd.

"Matrone, sy het 'n uniform aangehad, en dieselfde epoulette op haar skouers as wat suster Kelly dra. Is daar iets fout?" vra sy, nou naby aan histerie.

"Ja, daar is groot fout, mevrou Harris. Baba Tyron is nie in die babakamer in sy wiegie nie. Dit is leeg. Hierdie persoon was definitief nie een van my personeel nie. Ons sal dadelik die polisie in kennis moet stel. Ek is baie jammer."

"Nee, nee, nee! My baba kan nie weg wees nie. Ons het so lank vir hom gewag. Wie sal so iets aan my wil doen?" huil sy histeries.

"Suster, gee haar dadelik 'n kalmeerinspuiting en ons moet ook dadelik vir meneer Harris in kennis stel," beveel Matrone Johnson.

"Ek maak so, Matrone, dit is verskriklik."

Matrone Johnson kyk die suster kwaai aan. Sy besef dadelik die fout wat sy gemaak het. Sy moet nou nie nog bydra tot die pasiënt se spanning nie, maar haar probeer kalmeer en moed inpraat.

"Sonia, gaan haal asseblief dadelik vir my 'n ampule Bensodiasepien met 'n spuit en naald, asseblief. Maak net gou!"

"Ek maak so, Suster."

Intussen huil Arlene hartverskeurend en die suster se hart gaan na haar uit. In haar leeftyd as kraamsuster het dit nog nooit gebeur dat 'n baba uit haar afdeling gesteel is nie.

Wie de hel doen so iets? Ek hoop hulle vang haar gou. Hoe het niemand agtergekom nie? Genade, ons is ook so besig...

"Mevrou Harris, u man sal nou hier wees, en die polisie ook. Hulle sal vinnig werk, dit is 'n baie ernstige saak. Hou moed, hulle sal vir klein Tyron kry," probeer sy troos.

Tony Harris storm soos 'n verwoede bul by sy vrou se kamer in. Net een kyk na haar en hy weet dat die nuus wat die matrone hom 'n paar minute gelede oor die foon meegedeel het, waar is.

"My liefste, dit kan nie waar wees nie? Kom, ons moet sterk wees en glo dat ons hom vinnig sal terug kry. Die polisie is reeds op pad."

Hy hou haar vas en wieg haar soos 'n kind. Sy hart breek in sy borskas. Hy wil sterf by die gedagte dat hulle babaseun deur iemand gesteel is.

Hoe moet sy nie voel nie? Sy het minder as vier en twintig uur gelede aan hom geboorte gegee. Hoe is dit moontlik dat iemand so maklik dit kan regkry om 'n baba tussen al die mense te steel? Hy byt sy eie trane en woede terug. *Nou moet ek sterk wees vir Arlene.*

Die inspuiting begin werk en Arlene se histerie neem af. Tony kan haar net vashou, want wat anders kan hy doen. Woorde het hy nie vir haar of homself nie. Hulle baba, wat hy nog net een maal vasgehou het, is weg!

Matrone Johnson kom met twee geregsmanne die kamer binne.

"Meneer Harris, hierdie is Sersant Wright van die polisie en mevrou Dala Rogers van Kinderwelsyn. Ek los u om met hulle te gesels."

"Dankie, Matrone, nie dat daar veel is om oor te gesels nie," laat Tony hoor.

"Dagsê meneer en mevrou Harris. Jammer om van julle krisis te hoor. Ons sal alles in ons vermoë doen om julle baba so gou moontlik op te spoor," verseker Sersant James Wright hulle.

"Ja, baie jammer om van dit te hoor. Mevrou Harris, kan u miskien vir ons vertel wat gebeur het?" vra Dala Rogers.

"Ons babaseun, Tyron is laat gistermiddag gebore. Nadat Tony huis toe is, het suster Kelly, wat op nagdiens gekom het, my gehelp met die borsvoeding. Sy het na die eerste probeer slag vir baba Tyron weer na die babakamer geneem dat ek kon rus.

"Net na twee het sy hom weer gebring en my gehelp om hom te voed. Die keer het hy mooi gedrink en ek het hom self in sy wiegie neergelê voor ek ook weer 'n bietjie geslaap het.

"Na die dagskofpersoneel oorgeneem het, het ek hom weer gevoed en hy was hier by my in sy wiegie. Dit was baie besig in die gange. Net na tien het 'n vrou in 'n verpleeguniform met susters-epoulette op haar skouers hier ingestap. Sy het gesê sy moet Tyron neem dat die dokter sy bloed kan trek om te kyk of hy nie geelsug het nie. Ek het niks daarvan gedink nie, want ek het al gehoor dat pasgebore babas geneig is om geelsug te kry. Sy is by die deur uit met die wiegie met Tyron in.

"Na sowat 'n uur het verpleegster Kelly my bloeddruk en koors kom meet. Sy het gevra waar Tyron is. Ek het aan haar vertel dat 'n suster hom kom haal het omdat die dokter wou bloed trek vir die geelsugtoets. Sy het dadelik reageer dat dokters nie bloed trek nie en is in der haas hier uit. Minute later het sy, die saalsuster en matrone hier ingehardloop en aan my vertel dat Tyron nie in die babakamer in sy wiegie is nie."

Sy huil nou weer hartverskeurend en Tony hou haar styf vas.

"Ons is ontsettend jammer, meneer en mevrou Harris. Meneer Harris, wanneer het u gehoor?" vra Sersant Wright.

"Matrone Johnson het my geskakel met die nuus en ek het seker so tien minute voor julle hier in gestap. Ek is so geskok. Hoe kan 'n baba so maklik uit 'n hospitaal gesteel word?"

"Het julle enige foto's van julle baba?"

"Ja, ek het gister net na sy geboorte 'n foto van hom en Arlene geneem. Ek sal dit dadelik laat ontwikkel en vir julle laat kry."

"Mevrou Harris, weet u of u seuntjie enige geboortevlekke het?"

"Nee, ek weet nie. Hy is laat namiddag gebore, daarna het ek hom twee maal geborsvoed, maar die verpleegpersoneel het sy doekies geruil. Miskien weet een van hulle. Ek het nog nie eers die geleentheid gehad om my baba te bad nie." Sy bars weer in trane uit.

"Toemaar, my liefste, hulle sal hom kry. Ons moet net glo en vertrou."

"Ek sal met die suster praat om te hoor of daar enige bloed-groep, of geboortemerke is wat hulle aan ons kan verskaf."

"Al wat ek weet, is dat my seun 'n dik bos donker hare het. Ek het nog nooit 'n baba met sulke dik hare gesien nie," noem Tony.

"Ons verskoon onsself eers, daar is dringende werk wat gedoen moet word. Ons sal dadelik spanne uitstuur, ons media sentrum sal berigte saamstel en dit sal op radio en TV uitgesaai word. Laat kry ons asseblief so gou moontlik daardie foto."

"Ja, ons sal ook plakkate laat druk en my personeel sal dit oral in die stad opsit," las mevrou Rogers by.

"As ons enige leidrade het, sal ons met u praat. Ons weet dit is moeilik, maar probeer kalm wees," groet Sersant Wright.

"Dankie Sersant en mevrou Rogers, ons waardeer julle hulp," bedank Tony.

"My man, hoe kon dit gebeur het? Hoe kan iemand net hier instap en haarself voordoen as 'n suster en ons baba vat? Hoekom óns baba van al die babas wat daar is? Dit is nie regverdig nie!"

"My liefste, ek is net so verslae soos jy. Nie een van ons het antwoorde nie. Jy het self gesê dat die gange so besig was vanoggend. Die persoon het definitief gebruik gemaak van die chaos wat geheers het om haar bose plan uit te voer. Wie so iets kan doen, weet ek nie. En ek glo dit was vir haar die maklikste om ons baba hier by jou te neem as om in die babakamer in te gaan en dalk die risiko te loop om gevang te word. Die polisie was gelukkig baie vinnig hier. Ek glo die hele hospitaal se personeel sal ook ondervra word. Miskien sal hulle op die sekuriteitskameras kan kyk."

"Dit moet iemand wees wat die nageboorte afdeling ken. Hoe anders het sy geweet om haar weg so vinnig te vind en uit te kom sonder dat sy gevang is. Sy het presies dieselfde uniform aangehad as die susters hier. Sy was so selfversekerd dat sy selfs met my gepraat het en 'n klomp leuens aan my opgedis het."

"Sulke mense is gewoonlik siek, my liefste. Miskien was sy hier en het haar baba verloor. Of miskien is sy obsessief om 'n baba te hê omdat sy nie self 'n baba kan kry nie. Sulke mense verloor alle rede."

"Maar hoekom moes sy juis óns baba vat?"

"Ek dink nie eers dat sy omgee wie se baba sy vat nie. Hulle is so selfsugtig en wil net hulle eie pyn beter maak. Daar word geensins gedink aan die pyn en hartseer wat hulle aan ander doen nie."

Daardie selfde dag word Arlene Harris nog ontslaan. Dit is vir haar net té traumaties om in die hospitaalkamer te wees waar die vrou haar baba net kom vat het. Al was dit onder valse voorwendsels gedoen, blameer sy haarself. Die polisie het 'n hele netwerk ontplooi om na Baba-Tyron te soek. Padblokkades is opgestel by die uitgange van die stad en by al die lughawens.

Daardie selfde aand is die berig op televisie en dit ontstel Arlene en Tony net verder. Waar ook al hulle vir die volgende maand gaan, word hulle aan die harde werklikheid herinner dat hulle babaseun gesteel is. Oral is daar plakkate op met 'n foto van hul pasgebore seun, die enigste foto wat hulle van hom het.

"Dit alles help niks, hulle kan dit net afhaal. Dit treiter my net elke keer as ek iewers heen moet ry en sy gesiggie oral sien," huil Arlene.

"Ai, my vrou, hulle probeer net om ons te help. Ek weet dit is baie, baie moeilik, maar ons moet nie vergeet om dankbaar te wees teenoor die wat ons help nie."

Die polisie en FBI het later die soektog uitgebrei na ander stede tot so ver soos in die volgende staat, wat Kalifornië is. Hulle het nie so veel as 'n enkele leidraad gekry om te volg nie. Dit is asof hierdie baba net verdamp het.

Sowat ses maande later besoek sersant Wright vir Tony en Arlene by hulle huis in King Row.

"Sersant, het u dalk vir ons nuus?" vra Tony opgewonde as hy die deur antwoord.

"Nee, ongelukkig nie Tony. Ek kom maar net hoor hoe dit met julle gaan. Ons het nog geen leidrade gekry nie. Niemand het eers na vore gekom toe ons gevra het dat familie en vriende van vroue wat skielik 'n baba het en nie swanger was, moet na vore kom nie. Ons vermoed dat hierdie vrou dalk wel swanger was en haar baba verloor het. Dit is dalk hoekom daar geen reaksie was nie. Ons is baie jammer."

"Gaan julle nou die ondersoek sluit, Sersant?" vra Tony, duidelik afgehaal.

"Nee, ons sal dit nie sluit nie en ons oë bly oophou vir enige moontlike leidrade."

"Dit is goed om dit te weet. Dit voel net nie vir my reg dat julle moet ophou soek na ons baba nie," voeg Arlene by.

James Wright is verstom om te sien dat die vrou werklik oornag grys geraak het. Van die jong donkerkop vrou is daar niks meer oor nie.

"Ek verseker julle, ons sal aanhou om elke leidraad wat ons moontlik in die hande kry, te volg."

"Dit maak ons gek om nie te weet of ons baba leef en of hy gesond en goed versorg is nie," antwoord Tony.

"Dit kan ek verstaan. Dit is die grootste ding waarmee ouers van ontvoerde kinders sukkel. Ons sal julle dadelik kontak as daar enigiets is."

Die regsman groet die twee verslae mense wat in die laaste maande van jonk na middeljarig gegaan het van kommer en trauma.

Na 'n jaar waarin Arlene deur verskeie beraders behandel is en later slaapterapie ontvang het om haar te help, beveel haar psigiater aan dat sy so gou moontlik weer moet swanger word en ook dadelik moet begin werk.

"Meneer Harris, jou vrou moet tussen mense wees en verder moet sy iets doen wat haar brein sal besig hou. Sy sal net dieper en dieper in depressie verval as sy soveel tyd het om aan Tyron se verdwyning te dink."

"Dit verstaan ek, maar 'n mens kan tog nie een kind met 'n ander vervang nie ... so, dink u werklik dat ons moet swanger raak?"

"Ja, ek dink so. Julle is jonk en ek is seker julle het nie beplan om net een kind te hê nie. Ek verstaan dat julle angstig sal wees oor wat gebeur het, maar die vooruitsig van 'n nuwe baba sal Arlene baie help."

"Dan vertrou ons u woord daarvoor. Ons het die eerste maal baie gesukkel om swanger te raak. Dus kan ons maar net probeer."

"Dit mag dalk 'n rukkie neem, maar selfs die gedagte dat julle weer 'n baba gaan kry, sal haar gedagtes aflei."

Arlene is eers nie te vinde vir Tony se voorstel nie.

"Nee, ek kan nie weer 'n kind in die lewe bring vir iemand om hom of haar weer van my weg te neem nie!"

"My liefste, dit sal nie weer gebeur nie. Ons sal sorg dat jy na 'n privaathospitaal gaan en dat daar baie goeie sekuriteit is. Ons kan nie onsself ontneem van die vreugde om ons eie kind te hê oor wat gebeur het nie. Ons wou nog altyd meer as een kind hê. Hierdie baba gaan nie vir Tyron vervang nie."

Arlene het vir nog 'n maand of drie aan die gedagte herkou. Sy het wel intussen weer begin werk as onderwyseres en dit het haar baie gehelp.

Tony het Arlene oorreed dat hulle albei 'n vakansie nodig het en sy het ingestem. Dit is Desember en nét oor 'n jaar vandat Tyron gebore is en so wreed van hulle weggeneem is. Die landskap lê wit van die sneeu. Hulle gaan nie ver nie, net na Lake Tahoe, maar dit is pragtig daar.

Vir 'n paar nagte bly hulle in die North Star Lodge, naby Mount Pluto. Hulle geniet die asemrowende uitsig van die ski-heuwels en ook die woude. Hul woonstel is luuks en ruim met 'n pragtige kaggel waarby hulle saans kan ontspan. Bedags ski, ry sneeuplank, of stap hulle. Andersins gaan hulle na Villa North Star waar daar restaurante, 'n rolprentteater, 'n spa en ook fiksheidsentrum is.

Wat die ondervinding vir Arlene en Tony so uniek maak, is die massiewe meer wat nie heeltemal in die winter gevries is nie. Die binneste oppervlakte van die groteske meer Tahoe vries nie, en dit maak die prentjie net nog meer sprokiesagtig. Die blou meer met die spierwit sneeu wat dit omring en teen die heuwels tot bo-op die berg alles bedek in 'n wit kombers.

"Ek dink ons kan nou maar probeer ... ek is gereed," praat Arlene een aand terwyl hulle voor die kaggel in mekaar se arms sit.

"Waarvan praat jy, my vrou?"

"Van nog 'n baba, my man. Jy was reg, hy of sy sal nooit vir Tyron vervang nie, maar ons wil mos nog kinders hê."

"Dit is wonderlike nuus, my vrou. Ek is so bly jy voel so daaroor." Hy druk haar vas en soen haar liefderyk.

Tony kom agter dat Arlene na hulle vakansie meer ontspanne is. Hy wonder of dit iets te doen het met haar besluit dat hulle vir nog 'n baba kan probeer. Hy is opgewonde, al gaan daar nie 'n dag verby wat hy nie aan Tyron dink nie.

Arlene hoop nog dat haar nagmerrie een mooi dag gaan ophou. Dat iemand haar Tyron sal vind en terugbring huis toe.

Ja, ek het sy baba-jaar gemis, maar dit maak ook nie saak nie, as ek hom net kan terugkry. As ek weer swanger raak, wat sal dit wees, weer 'n seuntjie, of moet dit liewer 'n dogtertjie wees. Sal hy of sy ook soos my pragtige Tyron met 'n bos donker hare gebore word?

Weereens raak Arlene en Tony nie maklik swanger nie. Dit raak weer daardie afwagting elke maand en as daar niks gebeur nie, die vreeslike teleurstelling. Nou nog meer as die eerste maal.

Na byna 'n jaar van probeer sonder om swanger te raak, wend hulle hul weer na die vrugbaarheidsdokters vir hulp.

"Meneer en Mevrou Harris, daar is niks by een van julle fout wat kan verhoed dat julle swanger raak nie. Julle moet net geduldig wees. Ek weet dit is vir julle nog moeiliker as vir ander in julle skoene, maar ons kan net wag."

"Dankie, Dokter, vir die versekering dat daar niks verkeerd is nie. Dan het ons nie 'n ander keuse as om te wag nie," aanvaar Tony die uitslag.

Ek weet Arlene sal nie so gelukkig wees nie, want sy raak moedeloos en ongeduldig.

Hy is ook heeltemal reg. Sy praat nie veel terwyl hulle huis toe ry nie, maar het 'n innerlike sielestryd.

Hoekom moet ons sukkel? Ons baba is by ons gesteel. Wat maak ons as ons nie weer 'n baba kan kry nie? Dit is so onregverdig. Ander ouers mishandel hulle kinders, of los hulle net agter. Ons wil so graag ons eie kindjie hê, maar ons kan nie.

Hoofstuk 2

Sowat 'n maand later en net oor die twee jaar vandag baba Tyron gesteel is, ontvang hulle eendag 'n baie onverwagte besoek.

"Wie sal so onaangekondig op 'n Saterdag by ons aankom?" vra Tony as hy nog in sy sweetpak die voordeur gaan antwoord.

"Sersant Wright, môre ... ons het u nie verwag nie..." Tony herken nie die vrou of ander man wat by hom is nie.

"Jammer dat ons so vroeg so onaangekondig hier by julle opdaag, Tony, maar ons het goeie rede. Kan ons asseblief binnekom?"

"Sekerlik kan julle." Hy staan opsy en die mense stap binne. James loop vooruit omdat hy reeds weet waar die sitkamer is.

"Tony, hierdie is mevrou Rhonda Davis, sy is van Kinderwelsyn en hierdie is agent Edward Barrister van die FBI. Kan jy vir Arlene gaan roep, asseblief, daar is 'n dringende aangeleentheid wat ons met julle moet bespreek."

"Sekerlik, ek maak so."

Hy haas hom na hulle kamer, en is dankbaar as hy sien Arlene het reeds intussen opgestaan en begin aantrek.

"My vrou, dit is sersant Wright en nog twee ander mense.

Hulle wil ons spreek oor een of ander dringende aangeleentheid."

"Wat se ander mense?"

"'n Vrou wat van kinderwelsyn en 'n FBI agent."

"Dink jy dit het iets met Tyron te doen?" vra sy nou opgewonde.

"Ek weet nie. Moet nou nie onnodig opgewonde raak nie. Jy gaan net weer teleurgesteld wees as dit nie is nie," waarsku hy.

Wanneer hulle by die sitkamer instap, merk James dat Arlene tog beter lyk as die laaste maal wat hy haar gesien het.

Ek hoop net nie ons gee hierdie mense nou weer valse hoop nie. Maar hoe anders sal ons weet?

"Môre Arlene," groet Sersant Wright, en stel haar aan die ander voor.

"Kan ek vir julle koffie aanbied," vra sy by 'n gebrek aan woorde. Daar is 'n snaakse opgewonde gevoel in haar, sy kan dit nie help nie.

"Nee, ons wil dadelik met julle gesels. Agent Barrister, sal jy asseblief vir Tony en Arlene die doel van ons besoek verduidelik?"

"Sekerlik sal ek. Heel eerste moet ek vra dat u sal luister en nie onmiddellik opgewonde sal raak nie. Ons is hier om te help."

"Wat is dit? Het julle ons Tyron gevind?"

"Rustig, mevrou Harris, bly asseblief net rustig," maan Rhonda Davis.

"Ons weet nie, ons vermoed so. Ons het twee weke gelede 'n seuntjie van om en by twee jaar oud by die San Francisco hawe gebied gevind – heeltemal alleen. Intussen het ons oral berigte geplaas om te vra dat as iemand 'n seuntjie vermis, hulle na vore moet kom. Die hele Nevada en Kalifornië deur was sy foto op televisie gebeeldsend, maar niemand het na vore gekom nie, nie 'n enkele persoon nie. Sersant Wright het ons wel gekontak en van u geval vertel en die foto van julle baba deurgestuur. Ons weet nie of dit julle seuntjie is nie, maar hy het net so 'n dik bos donker haartjies soos daardie baba. Ons vermoed dat u wat sy ouers is, sal weet of dit julle seuntjie is."

"Waar is die seuntjie? Wanneer kan ons hom sien?" vra Arlene gretig, terwyl sy Tony se hand vasklem.

"Hy is by ons kantore, in die sorg van my kollegas. Julle sal ongelukkig saam met ons daarheen moet kom. Ons probeer hom so min moontlik ontwrig," antwoord Rhonda.

"Natuurlik sal ons saamgaan. Kan ons dadelik gaan? My vrou, hoe wonderlik sal dit nie wees as dit ons klein Tyron is nie?"

"Dit sal beslis. Kom ons gaan."

"Reg, dan gaan ons," antwoord agent Barrister namens hulle almal. James kan sien dat hierdie twee mense wil bars van verwagting en hy bid dat hierdie hulle Tyron is.

"Tony, volg julle ons net," stel James voor.

Hy kan sien hierdie mense is nou ontsaglik opgewonde, en hoop nie hulle word teleurgestel nie. *Ai, hulle is al deur so baie die laaste twee jaar. Laat dit tog hulle seuntjie wees.*

"My man, kan jy dit glo dat ons miskien oor 'n paar minute ons seuntjie gaan terugkry? Kan jy glo dat ons hom na twee jaar se treur en huil en trauma ons hom dalk weer gaan sien?"

"Ek kan nie, en ek wil ook nie hê jy moet jouself oopstel vir teleurstelling nie, my vrou. Wat as dit nie hy is nie? Ek weet dit is moeilik, maar probeer net kalm en objektief wees."

"Ek kan nie, hoe kan ek objektief wees as daar 'n kans is dat ek my seuntjie kan terugkry. Hulle sal tog nie vir ons kom vertel het as hulle nie ook gedink het dit is hy nie?"

"Die agent het gesê hulle weet nie. Onthou, daar was geen bloedtoetse nog van Tyron geneem toe hy weggeraak het nie."

"Dit is mos maklik, hy moet een van ons twee se bloedgroepe hê."

"Dit is sekerlik die enigste manier wat hulle sal kan bevestig as jy dink dat dit ons seuntjie is."

'n Rukkie later draai Edward Barrister by die gronde in wat die Welsynkantoor en ook fasiliteite vir hawelose kinders huisves. Hy parkeer voor twee groot glasdeure.

Tony parkeer langs hom en het skaars sy motor afgesluit of Arlene staan langs die voertuig. Hy verstaan haar opgewondenheid, sy eie hart tamboer in sy borskas.

Kan dit ons seuntjie wees? Vader, laat dit net ons seuntjie wees.

Rhonda kom na Arlene en almal volg hulle die gebou in.

"Kom, maak julle tuis hier in ons sitkamer, ek gaan haal net gou die knapie."

'n Stilte daal oor die vertrek neer sodra sy uit is. Almal is met hulle eie gedagtes besig. Sersant Wright is half senuweeagtig, want hy wil nie weer hierdie mense se harte breek nie.

Hoe anders sal ons uitvind, daar is nog geen manier nie. As hulle positief is dat dit hulle seuntjie is, kan ons seker 'n bloedtoets doen, maar dit is ook al. Hopelik sal daar in die toekoms tegnologie wees wat ons kan help met sulke dinge.

Hulle hoor Rhonda se klik-klak van haar hakke op die teëlvloer en merk dat Tony en Arlene albei baie gespanne is. Dan stap Rhonda met die mooiste donkerkopseuntjie met pragtige groen oë in. Hy is effens skaam soos kindertjies maar is as hulle deur vreemdelinge omring is.

17

Sy stap tot voor Arlene en Tony met die seuntjie, en merk dadelik hoe veral Arlene se gesig verhelder.

"Arlene, wil jy hom bietjie vashou?"

"Graag," sy steek haar arms na die seuntjie uit en dié huiwer eers, maar gaan dan gewilliglik. Sy gaan sit weer langs Tony en hulle albei begin met die seuntjie gesels. Binne minute is hy heel gemaklik met hulle.

Die twee geregsmanne en Rhonda hou die toneel voor hulle stip dop. James Wright kry eerste die indruk dat dit net die Harisse se seuntjie moet wees.

Kyk net hoe dadelik was hy gemaklik met hulle. Hy het ook net sulke groen oë soos Arlene, en Tony se donker hare.

Na 'n rukkie vra Edward Barrister die vraag waarvoor almal wag: "Arlene en Tony, dink julle dit is hy?"

"Dit is beslis hy," antwoord Arlene dadelik.

"As my vrou so seker is, dan is dit hy, want sy het hom in die wêreld gebring en gevoed en baie meer tyd met hom spandeer as ek."

"Ons het ongelukkig geen bloedgroep of vingerafdrukke van julle baba nie. Hy was nog nie eers 'n dag oud nie. So ons sal op hierdie bloeduitslae moet gaan," antwoord Sersant James Wright.

"Wel, dan sal ons bloedmonsters van julle almal moet kry. Ek stel voor jy kom eerste saam met my, Tony. Daarna kan Arlene en die knapie saamgaan," beveel Rhonda.

Die mannetjie sit op Arlene se skoot en sy vertel vir hom 'n storie en hy hang behoorlik aan haar lippe. Albei James en Edward glo dat dit hierdie mense se seuntjie moet wees wat twee jaar weg was.

Nadat die bloedmonsters van almal geneem is, kom hulle weer in die sitkamer byeen.

"Wat gebeur nou?" vra Tony.

"Nou moet ons vir 'n dag of twee wag om te hoor of een van julle bloedgroepe met syne ooreenstem en dan kan ons dit verder neem. As dit ooreenstem, moet ons aanvaar dit hy julle verlore baba is," antwoord Rhonda hulle.

"Dit is reg so. Hoe hy op die hawe beland het, weet ons nie, maar dit wil voorkom of hy dadelik met julle gemaklik was. Daarby het hy een van julle se haarkleur en die ander se oogkleur. Mevrou Harris het dadelik gesê dit is julle seuntjie. Verder het niemand hom nog opgeëis na so lank, of hul seuntjie as vermis aangegee nie. Ons het dus geen ander rede om julle woord in twyfel te trek nie," reageer Edward Barrister.

"Julle kan eers gaan. Ons sal dan dadelik vir julle laat weet wat die uitslae is as ons dit kry. Ongelukkig moet die kleinman hier bly tot dan."

Met 'n baie onwillige hart gee Arlene hom terug aan Rhonda, tog weet sy van wat Edward gesê het dit is net tydelik. Hulle het geen rede om haar nie te glo nie.

"Grootman, ons sien jou binnekort weer. Ons gaan baie na jou verlang," groet Tony en Arlene hom.

"Saam ... saam..." brabbel hy.

"Ons gaan nou eers weer by die ander maatjies speel, en miskien gaan jy binnekort saam met hulle huis toe," belowe Rhonda. Asof die mannetjie verstaan, raak hy rustig en waai as hulle vertrek.

Arlene is so opgewonde, sy kan haar opgewondenheid eenvoudig nie meer hou nie. Tony het pas weggetrek as sy net uitbars.

"Ons het hom gekry! Hy is terug na so lank ... ek kan dit nie glo nie, ons eie Tyron is terug. Ek weet hulle gaan ons binnekort bel en dit bevestig. Ek is sy moeder en kon dadelik daardie band voel wat ons het. My man, ons seuntjie is terug. Dit is so wonderlik. Ek sal nie slaap totdat ons hom kan gaan haal nie."

"Ja, my vrou, ek is net so vol vertroue soos jy, ons seuntjie is terug. Ek wonder wat die ander mense hom genoem het? Hy het seker nou net begin praat, so dit beteken hy kan nog nie baie woorde sê nie. Sal hy vinnig vir ons Mamma en Pappa noem?"

"Dit maak nie saak wat hulle hom genoem het nie, hy is ons Tyron. Ons sal hom vinnig leer om mamma en pappa te sê. Hy is mos ons seuntjie en sal net so slim soos sy pappa wees."

Dinsdag het nog nie mooi uit sy kinderskoene ontwaak nie, as Arlene 'n oproep van Rhonda ontvang. Tony is by die werk, hy is 'n prokureur.

"Mevrou Harris, die uitslae van die bloedgroepe het gekom. Die knapie het dieselfde bloedgroep as sy pappa. Ek het reeds met sersant Wright en agent Barrister gepraat. Ons is dit eens dat hierdie beslis julle seuntjie is wat twee jaar gelede gesteel is. Julle kan hom kom haal so gou dit julle sal pas. Julle het lank genoeg gewag vir hom."

"Dit is so wonderlik! Baie dankie. Ek sal dadelik vir Tony bel en sodra hy by die werk kan wegglip, sal ons kom. Ek kan nie wag om ons kindjie terug by die huis te hê nie."

"Dit is in orde so, ons wag dan vir julle."

Wanneer sy die oproep met Rhonda beëindig, skakel sy dadelik Tony se kantoor.

"Kira, skakel my asseblief deur na Meneer toe, dit is dringend."

"Reg so, mevrou Harris."

"My vrou, wat is fout, Kira sê jy soek dringend na my."

"Ja, ons kan hom gaan haal! Ons kan vir Tyron gaan haal. Hy het jou bloedgroep."

"Dit is fantasties. Ek gee net gou 'n paar opdragte, dan kom ek jou dadelik optel. Ek kan dit nie glo nie. Dit is 'n werklikheid. Ons het ons seuntjie teruggevind na twee jaar. Die Vader is so goed vir ons."

"Ja, ek het daaraan getwyfel, maar nou weet ek Hy is, Hy wou ons nie straf nie."

"Natuurlik wou Hy ons nie straf nie, my vrou. Ek verstaan dat jy deur hel is, maar ons kan nooit aan ons Vader se liefde twyfel nie."

"Ek is jammer, my man. Dit het net gevoel asof Hy my wil straf. Ek weet nou ek was verkeerd."

Die klein mannetjie is baie bly om hulle weer te sien. Hy gaan dadelik na Arlene toe as sy haar arms uithou na hom.

"My seuntjie, ons het jou gevind! Dit is net ongelooflik ... na so lank het ons jou gevind. Gee my 'n drukkie, want ons het so baie drukkies om in te haal."

Sy druk sy klein lyfie styf teen haar vas en hy gooi sy armpies om haar nek en druk haar ook. Tony se trane sit vlak. Hy gaan nou sy beurt vat.

"Kom hier, Grootman, ek wil ook 'n drukkie hê." Hy gaan na Tony toe en die druk hom ook styf vas.

Rhonda moet sukkel dat haar trane nie oorloop nie. *Hierdie mense het vir twee jaar na hulle baba gesoek en sowaar het hulle hom nou gevind. Wonderwerke gebeur beslis nog. Wie sou hom daar by die hawe gelos het, so alleen? Wie kan so harteloos wees? Dit nadat hulle hom gesteel het van sy ouers.*

"Baie dankie, Rhonda, dra ook ons dank oor aan Sersant Wright en Agent Barrister. Julle weet nie wat hierdie vir ons beteken nie," bedank Tony haar namens hulle albei.

"Ons is saam met julle bly dat julle jul seuntjie kon vind. As so baie tyd verloop het na 'n voorval, is dit hoogs onwaarskynlik dat kinders gevind word. Hierdie is voorwaar 'n wonderwerk."

"Ons besef dit te goed, dit is 'n wonderwerk. Ons Vader het self ons Tyron na ons teruggebring. Hy ken ons lyding, ons smeekgebede en hoe ons die laaste jaar weer sukkel om swanger te raak."

"Gaan geniet julle klein lyfie, as daar enigiets is waarmee julle hulp nodig het, laat my weet."

"Baie dankie, ons sal. Dan groet ons eers. Ek dink 'n stop om vir die mannetjie klere en speelgoed aan te skaf is seker heel eerste, my vrou."

"Ja, beslis is dit. Al sy kleertjies wat ons het is nog babaklere. Ek is so opgewonde om vir hom alles aan te skaf."

"Geniet elke oomblik," groet Rhonda.

"Grootman, ons is so bly jy is terug by ons. Ons gaan nou vir jou die mooiste kleertjies koop en daarna is dit die speelgoedwinkel se beurt," gesels Tony met sy seun waar hy tevrede op Arlene se skoot sit.

Terwyl Arlene vir Tyron klere uitsoek, sit hy by Tony en dié gesels aanhoudend met hom. Of hy trek vir hom gesigte en dan lag die twee te lekker. Mense wat hulle sien, sal nie besef dat die pa en seuntjie mekaar twee jaar laas gesien het nie. Tyron trek dan aan Tony se ore en dan aan sy neus en die maak gepaste geluide om die peuter te vermaak.

"Julle twee is lekker stuitig," lag Arlene as sy terugkom by hulle, maar haar hart jubel om hulle so te sien.

"Nou kom die beste deel, ou grootman. Nou gaan ons vir jou speelgoed aanskaf. Ek is baie seker dit sal jou baie meer interesseer as die klere," lag Tony.

"Beslis sal dit. Jy moet onthou, Pappa, daar moet 'n treinstel ook op die lysie wees, en natuurlik 'n bal. Ek sal na die opvoedkundige speelgoed kyk en beslis ook boekies en 'n Kinderbybel."

Wanneer hulle by die speelgoedwinkel aankom, sit Tony vir klein Tyron neer en dié hardloop dadelik by die rakke in. Tony volg hom. Die kleinman wys dan na dit en dan na dat en Tony geniet die verwondering op sy klein gesiggie.

Gewapen met genoeg speelgoed om Tyron 'n hele leeftyd te hou, is hulle uiteindelik op pad huis toe. Van al die opgewondenheid raak hy in Arlene se arms aan die slaap.

"Kyk net hierdie gesiggie, is hy nie pragtig nie, my man. Ek kan nog nie glo dat ons hom gevind het nie."

"Ja, hy lyk soos 'n engeltjie as hy so slapies. Terwyl hy nou slaap, sal ek sodra ons tuis kom dadelik sy motorstoeltjie installeer. Hy moet veilig wees."

"Dankie, my man. Ja, hy moet. Ek gaan sy klere was en mooi in sy kas pak. Jy kan die speelgoed pak waar jy dink dit moet kom. Die legkaarte en boekies sal ek mooi pak vir hom."

Vir die eerste maal in twee jaar vanaf hulle seun se geboorte, het hulle die voorreg om hom huis toe te neem en oor hul drumpel te dra. Hulle is albei aangedaan en dankbaar dat hy slaap. Hulle wil hom nie ontstel nie.

Hoofstuk 3

Die dae wat volg is die koerante en televisie vol van die wonder dat klein Tyron na twee jaar gevind is. Net soos met baba Tyron se verdwyning, hou Arlene sorgvuldig al die koerantuitknipsels in 'n album. Miskien sal sy dit eendag vir Tyron wys as hy groot genoeg is om dit alles te verstaan. Vir nou is hulle net te dankbaar dat hulle hom gevind het.

Waar hy was en wie hom gesteel en weer net so gelos het na twee jaar, weier hulle om hulle verder oor te kwel. Al wat tel is dat hy terug is.

Deur die dag spandeer Arlene so veel moontlik tyd met hom en wanneer Tony tuis kom, is dit sy beurt. Hulle maak ook beurte om Tyron te bad. Badtyd is altyd vir hom die tyd wanneer hy die lekkerste speel, hy is dol oor water. Telkens hoor Arlene waar sy besig is met die aandete in die kombuis, hoe hy dit uitkraai.

Naweke word daar op die grasperk gespeel vir ure. Tony stoei kamma met hom en Arlene speel met hom bal. Hulle lewe het handomkeer verander en dit is 'n verandering wat te wonderlik is vir hulle. Vir twee jaar het hulle nooit meer hul vriende en familie genooi nie. Ook bitter weinig uitgegaan. Hulle het hulself afgesny van die mense en die wêreld om hulle. Net te bang iemand praat oor hulle baba se verdwyning of vra of hulle dan nie weer wil probeer swanger raak nie.

Na een so 'n speel-sessie sit hulle buite, en Tyron lê vas aan die slaap in sy pappa se arms.

"Kan jy glo hoe hy ons lewens verander het, my vrou? Dit is asof die son vir die eerste maal in twee jaar weer opgekom het. Hy bring ons soveel vreugde."

"Dit is voorwaar so. Elke dag is daar iets anders wat hy kan doen en hy begin nou ook al mooi praat. Die wonderlikste was natuurlik toe hy die eerste maal mamma en pappa gesê het. Dit het gevoel asof my hart wil gaan staan."

"Ek weet ons het voor ons hom gevind het probeer swanger raak, maar stem jy saam dat ons dalk nou eers bietjie moet wag?"

"Ek stem heeltemal saam. Ek wil hom net vir 'n tydjie geniet. Hom al die liefde en aandag gee wat ek vir twee jaar nie kon nie. Ek dink ons kan weer probeer swanger raak as hy so vier jaar oud is. Ek wil ook nie hê hy met alleen groot word nie."

"Dit klink na die perfekte plan, my vrou. Elke oomblik saam met hom is ontsettend kosbaar. Ek is baie bly dat jy dadelik kon ophou werk en net by hom kan wees."

"Ek is net so dankbaar, want ek sal hom nie sommer aan iemand anders kan toevertrou nie. Ek wil nie eers daaraan dink dat hy oor 'n paar jaar moet skool toe gaan nie."

"My liefste, ek verstaan jou vrees. Tog weet jy dat jy hom nie net hier by jou sal kan hou nie. Hy sal met maatjies moet in kontak kom, en 'n normale lewe wil ons tog vir hom hê ... nie een waar ons hom die hele tyd gaan wegsluit van die wêreld nie."

"Miskien sal ek later anders voel. Nou wil ek hom net weg hou van mense wat hom weer kan vat."

"Kyk hoe het ons Vader hom teruggebring. Ons moet vasstaan in geloof."

"Ek verstaan steeds nie, hoekom moes hy gesteel word?"

"Jy moet net onthou dat die vyande baie besig is en hy sal enigiets doen om ons te laat twyfel in die goedheid en liefde en almag van ons Vader. Hy het gelukkig nie gewen nie, want hier is ons seuntjie met ons."

Soos die weke en maande verby gaan, word dit vir almal wat met die Harrisse bevriend is duidelik dat die ontvoering van Tyron as baba 'n baie diep letsel in Arlene se hart gelos het. 'n Letsel wat nou dat hulle hom teruggevind het, gevoed word op 'n obsessie dat hy nie vir 'n minuut onder haar toesig mag uit wees nie.

Hulle vriende raak gewoond daaraan dat as die kinders saam speel, dit by die Harrisse se huis sal wees, anders nie. As daar 'n kinderpartytjie is, sal Tyron nie daar wees as Arlene nie ook genooi is nie. As daar op enige uitstappie gegaan word met die kinders, moet Arlene self ook saamgaan.

Soos die tyd aanstap dat Tyron voorskool toe moet gaan, het hy ontluik in 'n baie vriendelike, behulpsame en gewilde mannetjie onder sy maats. Hy is die een wat altyd deel, wat altyd besorg is as een seerkry, wat altyd sal help as 'n maatjie hulp nodig het. Met sy donker hare en grasgroen ogies, is hy 'n pragtige kind en een wat maklik in mense se harte kruip.

Net na sy vierde verjaardag, woon hulle 'n partytjie van een van die ander maatjies by. Daar is nuwe maatjies en mammas wat Arlene nie ken nie. Almal gesels egter lekker.

Die een mamma is van die eerste minuut af mal oor Tyron. Sy gaan telkens na hom toe en gee hom net 'n drukkie. Arlene het dit so op haar eie dopgehou, want dit staan haar nie aan nie en maak haar ongemaklik. Die ander is egter hopeloos te besig om hulself te geniet en te gesels om iets te merk. Selfs Tony wat nou en dan 'n ogie gooi oor Tyron, merk dit nie regtig nie.

Die vrou is weer op pad na Tyron toe, maar Arlene het nou net mooi genoeg gesien en tree blitsvinnig op. Sy hardloop na die vrou toe en net toe sy weer by Tyron wil buk om hom te druk, stamp Arlene haar weg.

"Wat de hel dink jy doen jy met my seun? Gee pad van hom af! Ek sien deur jou planne ... los hom uit, ek sal nie toelaat dat jy hom voor my oë van my af steel nie."

Klein Tyron staan eers verskrik, maar Tony sien dadelik dat daar 'n probleem is en raap hom op en gaan speel met hom by die klimraam om sy aandag af te lei.

Die vriendin wie se seuntjie verjaar, hardloop na Arlene en vat haar hand en praat saggies met haar: "Arlene, rustig nou, vriendin. Kalmeer net. Niemand hier sal jou seun skade aandoen nie en beslis nie steel nie."

"Hoe weet jy dit, Anja? Het jy gesien hoeveel keer sy al uit die geselskap opgestaan het en hom gaan druk het? Hoekom het sy nog nie aan een van die ander kinders aandag gegee nie? Ek vertrou haar nie."

"Wat insinueer jy? Ek glo nie wat ek hoor nie ... dink jy ek is 'n kinderontvoerder? Jy is mal, vroumens! Vat haar weg van my af," skree Louise.

"Wag, wag, wag net, raak julle albei nou rustig. Kom saam met my," gebied Anja. Sy stap baie doelgerig met 'n vrou aan elke hand die huis binne.

"Nou sit julle hier en luister vir my. Louise, jy ken nie Arlene se storie nie. Tyron was toe hy nog nie 'n dag oud was nie uit die hospitaal gesteel en genadiglik het hulle hom twee jaar gelede terug gevind. Dit is hoekom Arlene so optree. Jou oordadige aandag aan haar seuntjie het haar laat gevaartekens sien, dit is al."

"Arlene, ek sal mos nooit in my lewe mense na my huis nooi wat jou kind in gevaar sal stel nie. Jy moet ook nou begin ophou 'n kinderontvoerder in almal sien wat met jou kind in aanraking kom."

"Hoe moet ek dit doen? Voor ek weet, is my kind weer weg! Hy is juis so 'n pragtige kind."

"Glo my, dit was glad nie my bedoeling om jou te ontstel of jou kind te steel nie. Hy is net so verdomp pragtig en het so 'n mooi geaardheid daarby. Ek het self twee kinders, en hoekom sal ek jou kind wil steel? Ek is jammer oor die misverstand."

"Dit is goed so, ek is jammer dat ek jou beskuldig het."

Tog is Arlene glad nie gerus nie, sy wil nie ander vroue rondom haar kind hê nie.

Tony kom met Tyron ingestap. Anja wys vir Louise dat hulle na buite moet gaan en hulle los vir Arlene, Tony en Tyron alleen.

"Is jy okei, my vrou?"

"Ja, ek is. Miskien moet ons net huis toe gaan. My seun, kan ons maar gaan, het jy genoeg gespeel?"

"Ja, ons kan maar gaan, Mamma. Ek wil nie hê jy moet hartseer wees nie."

"Ek is nie hartseer nie, my seun, alles is reg. Ek was net bang dat jy gaan seerkry."

Hulle bedank Anja vir die uitnodiging en partytjie en verskoon hulself.

"Ek is regtig jammer oor die misverstand, en dat Louise se optrede jou so ontstel het. Ek verstaan jou, ek sou dalk presies dieselfde opgetree het as ek jy was, Arlene. Dankie dat julle gekom het. Tyron, baie dankie vir die geskenkie, Jon is mal daaroor. Ander dag kan julle weer lekker speel."

"Dit is 'n plesier, tannie Anja."

Arlene is doodstil terwyl hulle huis toe ry. Tyron raak van al die speel aan die slaap en Tony is ook met sy eie gedagtes besig.

Ek dink werklik dit is tyd vir nog 'n baba. Arlene raak by die dag meer obsessief oor Tyron en dit is nie gesond nie. Die vrou was miskien bietjie te danig met hom, maar hoe de hel sal sy hom kan steel met almal van ons daar?

Hy moet volgende jaar voorskool toe gaan, maar Arlene sal hom nie laat gaan nie. Ek kan nie toelaat dat sy hom so terughou oor haar vrees nie. Natuurlik is ek ook besorg oor sy veiligheid, maar daar is mos veiligheid by die skole.

Later die aand, wanneer Tyron rustig slaap en hulle twee in hulle bed lees, kyk Tony na Arlene.

"As jy nou so na my kyk, my man?"

"Ek wonder maar net of ons nie nou moet probeer vir nog 'n baba nie, my vrou. Tyron raak groot en ons het mos saamgestem dat hy nie alleen mag groot word nie."

"Ek weet ja, tog is ek bang hy sal verwerp voel as daar 'n nuwe baba kom."

"Nee, dit sal nie gebeur nie, ons is twee ouers en ons sal hom mos nie afskeep nie. Ons sal ons tyd goed tussen hulle verdeel. Die baba sal jou vir die eerste jare nodig hê, want jy gaan sekerlik weer borsvoed. Ek sal help waar ek kan met die baba, en tyd met Tyron spandeer soos ek nou doen. Wat sê jy, my liefste?"

"Jy laat dit so maklik klink, my man, hoe kan ek jou weier. Miskien vat dit in elk geval weer 'n jaar of twee voor ek swanger word."

Tony is baie bly dat sy ingestem het, dit sal goed wees vir almal. *Sy sal dalk as sy swanger is instem om vir Tyron na die voorskool te laat gaan.*

Vir een of ander onverklaarbare rede raak Arlene byna onmiddellik swanger. Binne drie weke van haar en Tony se gesprek, begin sy soggens naar en duiselig voel.

Dit kan tog nie wees dat ek swanger is nie! Nee, daar is seker iets anders wat broei.

Tony kyk na sy vrou se bleek gesig en is dadelik bekommerd. Sy kla dat sy naar is en net geen krag het nie.

"My vrou, ek maak dadelik vir jou 'n afspraak by die dokter. Ek sal die kantoor laat weet ek kom later in."

Sy is te naar en voel te sleg om teë te stribbel. Tony staan op en maak klaar. Daarna gaan hy na Tyron se kamer en vind hom reeds aangetrek waar hy op die mat in sy speelkamer speel.

"Pappa se groot seun, môre. Het jy lekker geslaap?"

"Môre Pappa, ja ek het. Waar is Mamma dan?"

"Sy voel nie lekker nie, ons gaan nou-nou vir haar 'n afspraak by die dokter maak. Kom ons gaan maak koffie en ek gee vir jou pap. Dan kan ons vir Mamma haar tee met 'n beskuitjie neem."

"Pappa kan solank kombuis toe gaan. Ek gaan net gou vir haar môre sê."

"Dit is reg so my seun, ek wag vir jou."

Arlene, wat met haar oë toe lê, besig om te veg teen die naarheid, voel net hoe haar seun se sagte armpies om haar nek gaan. Sy maak haar oë oop en kyk reg in daardie twee groen oë wat soos sterre skitter.

"Môre, my grootseun, het jy lekker geslaap?"

"Ja, Mamma, ek het. Is jy siek? Pappa sê jy voel nie lekker nie."

"Ek voel so bietjie naar en lam. Ek is seker dit is niks te erg nie. Moet jou nie bekommer nie."

"Ons gaan vir Mamma dokter toe vat, so Mamma sal vinnig gesond word. Ek gaan gou my pap eet, en ons sal nou-nou vir Mamma lekker tee en beskuit bring."

Hy soen haar op die wag, voor hy van die bed af wip en met die trappe af hardloop na Tony.

Tony is gelukkig om binne die volgende uur vir Arlene 'n afspraak te kry.

"My vrou, hoe voel jy nou? Sal jy kan opstaan en stort. Ons moet oor veertig minute by die dokter wees."

"Ek voel beter na die tee en beskuit. Ek maak gou klaar. Waar is Tyron?"

"Hy speel in sy speelkamer. Jy weet mos hy kan vir ure daar speel."

'n Uur later sit hulle voor dokter Möller. Hy het Arlene reeds ondersoek en ook 'n urienmonster geneem wat hy getoets het. Hy glimlag breed vir die twee mense oorkant sy lessenaar.

"Wel, ek is bly om julle mee te deel dat jy nie siek is nie Arlene, net sekerlik swanger."

"Wat! Dokter is u seker?" vra Tony verbaas.

"Ek is baie seker. Die naarheid van vanoggend was oggendnaarheid. Ek weet nie hoe lank julle al probeer swanger raak nie, maar dit het nou gebeur."

"Dit is ongelooflik. Tyron, ons gaan 'n baba kry!" Arlene en Tony is albei oorbluf dat hulle so vinnig swanger geraak het.

"Dokter dit is juis hoekom ons so verbaas is, ons het net meer as drie weke terug besluit om weer te probeer. U weet self hoe ons voorheen gesukkel het, en nou gebeur dit net."

"Tony, dit gebeur baie so. Dit is omdat julle nou nie so angstig was nie. Tyron het al daardie spanning kom wegneem."

"Ek is skoon oorbluf, ons gaan nog 'n baba hê!" reageer Tony.

"Arlene, probeer om soggens voor jy opstaan tee met 'n beskuitjie te eet, dit help vir die oggendnaarheid. Verder sal ek vir jou ysterpille voorskryf om te help met die moegheid. Dit sal binne die eerste drie maande oorgaan. Kyk mooi na jouself, en baie geluk julle. Ou grootman, nou gaan jy oor 'n paar maande 'n maatjie kry."

"Gaan dit 'n boetie of sussie wees, oom Dokter?"

"Dit sal ons eers later weet. Is jy opgewonde?"

"Ja, ek is. Dit sal lekker wees om 'n maatjie te hê."

Hulle groet en vertrek. Die Harrisse is almal ewe opgewonde oor die goeie nuus van nog 'n baba. Tyron vertel net hoe hy met hierdie nuwe maatjie gaan speel.

"Liefie, jy sal net bietjie moet wag. Die baba gaan eers oor 'n hele rukkie kom. Dan gaan ons eers mooi na hom of haar moet kyk totdat sy of hy groot genoeg is om met jou te speel," probeer Arlene vir hom verduidelik dat dit nie oornag gaan gebeur nie.

"Dit is reg, Mamma, ek het mos vir jou en Pappa om intussen mee te speel. Verder het ek mos ander maatjies ook."

"Jy is darem maar net jou pappa se groot verstandige kind."

"Ja, Pappa, hy gaan darem 'n wonderlike ouboet wees vir hierdie baba."

Arlene se swangerskap verloop vlot en nege maande later word hulle tweede seuntjie gebore. Hierdie keer het Tony gesorg dat sy by 'n privaatkliniek ingeboek is waar daar baie hoë sekuriteit gehandhaaf word. Daar is ook vooraf met die personeel bespreek dat niemand baba-Harris vir enigiets uit sy moeder se kamer sal verwyder sonder dat die dokter self by is nie. Verder sal die baba die hele tyd by sy moeder gelos word.

Glenn Harris se geboorte verloop sonder enige voorvalle. Arlene is wel baie minder gespanne, maar tog op haar hoede. Sy is baie dankbaar as hulle twee dae na die geboorte kan huis toe gaan.

"Ek is so dankbaar om huis toe te gaan. Ek het julle gemis."

"Ons het ook vir Mamma gemis. Nou kan ons vir Mamma met boetie help. Pappa het my mooi vertel hoe baie dinge daar is waarmee ons kan help. Ek kan vir

Mamma doeke aandra en mooi stil wees as die baba slaap."

"Ag, jy is so oulik my seun. Natuurlik gaan julle my mooi help. Hoe gaan dit by die skool?"

Sy moes maar ingee toe Tony haar maande gelede daaroor genader het. Sy wil nie vir Tyron ontneem van 'n vol lewe net omdat sy vrees het nie. Dit is darem ook nou al beter.

"Dit gaan goed, ek geniet dit baie, Mamma. Ons het vandag lekker musiek gemaak en juffrou het vir ons die mooiste musiek gespeel."

"Dit is wonderlik, my seun. Wag jy mooi vir Pappa in jou klas?"

"Ja, Mamma. Juffrou laat ons nie uitgaan voor ons mamma of pappa nie daar is nie."

"Ek is baie bly om dit te hoor."

Hulle kom vinnig in die nuwe roetine in met baba Glenn. Tyron is so trots dat hy 'n boetie het en help vir Arlene waar hy kan. Verder spandeer Tony baie tyd met hom as Arlene met die baba besig is. Hulle is uiteindelik 'n baie gelukkige gesin. Soos die tyd aanloop, het Arlene haar vrees grotendeels oorkom, al is sy steeds baie beskermend oor haar twee seuntjies.

Voor hulle besef wat gebeur het, is dit tyd vir Tyron om skool toe te gaan en hy is meer as gereed en opgewonde. Tony is dankbaar dat hy Arlene kon oortuig om hom twee jaar vantevore na die voorskool te laat gaan. Hy is nou 'n baie selfstandige seuntjie en dit is goed. Hy is ook 'n baie goeie ouboet en kan vir ure vir Glenn vermaak.

"Grootseun, is jy reg vir skool?" vra Tony die oggend wat die skool begin.

"Ja, Pappa, ek is. Ek is baie opgewonde om te gaan. Mamma het my so mooi geleer hoe om te skryf en te lees.

Ek kan nie wag om saam met my maatjies nog baie dinge te leer nie."

"Jou juffrou gaan baie verbaas wees as sy sien jy kan al skryf en lees. Jy moet net onthou om nie jou maatjies te laat sleg voel omdat hulle nog nie kan nie," gee Arlene raad.

"Nee, Mamma, ek sal mos nie. Ek sal hulle liewers help."

"Dit kon ek ook geraai het. Altyd reg om te help, ons is trots op jou, Seun."

"Kan ons nou gaan, Pappa en Mamma?"

Hy loer in Glenn se stootwaentjie in. "Glenn, jy moet baie soet wees as jy en Mamma terugkom huis toe. Ek sal jou later weer sien, dan sal ek jou alles vertel wat ons gedoen het."

Arlene en Tony glimlag net vir mekaar. Hy is soos 'n klein grootmensie. So volwasse en verantwoordelik.

By die skool sluk Arlene en Tony maar swaar en klein Glenn kla ook omdat hulle sy ouboet agterlaat. Tyron is egter heel gelukkig en begin dadelik maatjies maak.

Hoofstuk 4

Tyron is nou in graad ses en moet 'n skoolprojek doen. Die projek gaan oor wêreldnuus. Hy soek ou koerante om uitknipsels te kry vir sy projek.

"Mamma, het ons ou koerante?"

"Waarvoor het jy dit nodig, my seun?"

"Ons het 'n projek wat gaan oor wêreldnuus. Ek soek koerantartikels."

"Ja, ons het, jy sal in die kelder moet gaan kyk. Daar is 'n boks met ou koerante in."

"Dankie, Mamma, ek sal later gaan kyk. Ek wil eers net my ander huiswerk klaarmaak en bietjie met Glenn speel."

"Boetie, kan ons gaan bal skop, ons het by die skool vandag geleer sokker speel."

"Ons kan. Ek weet niks van sokker af nie, maar ek kan met jou bal skop. Miskien kan jy my wys wat julle geleer het."

"Ek sal, Boetie."

"Genugtig Mamma, ek kan nie glo dat Glenn al in die skool is nie. Dit voel soos net nou die dag dat hy nog 'n baba was. Ek sien sy meisie-maatjies is mal oor hom. Moet seker daardie blonde hare en blou oë wees," terg hy sy klein boetie.

"Ag, Boetie, is nie. Ons speel net lekker saam."

Tyron verdwyn na ete in sy kamer om te gaan huiswerk doen. Wanneer hy 'n uur later uitkom, let hy op dat sy Moeder met Glenn besig is om hom te help met sy huiswerk.

Gewapen met sy skêr en 'n omslag, is hy op pad kelder toe. Gelukkig is sy moeder 'n vrou wat van dinge netjies hou. Daar is rakke in die kelder aangebring deur sy pappa en die bokse is netjies daarop gepak. Daar is ook oorgenoeg lig in die kelder dat 'n mens nie hoef te sukkel om te sien waarvoor jy soek nie.

Hy begin soek na die boks met die koerante, maar voor hy dit vind, vind hy 'n boks met albums in. Hy is dadelik nuuskierig. Hy begin deur die albums blaai. Die derde album wat hy blaai, vang sy aandag op 'n ander manier vas. Daar is koerantuitknipsels en foto's in.

Genade, dit moet ek wees! Die berigte sê ek was gesteel net nadat ek gebore is. Kan dit waar wees? Hoekom het ek nog nooit gehoor dat Mamma en Pappa daaroor praat nie. Ek wonder hoe hulle my dan terug gekry het.

Hy blaai verder en sy vraag word ook beantwoord as hy afkom op die uitknipsels en berigte van toe sy ouers hom gevind het.

Sjoe, wie sou my gesteel het en dan weer twee jaar later by die hawe gaan los het? Vrek ek is bly hulle het my gevind. Ek moet bietjie vir Mamma hieroor vra.

Hy bêre weer alles netjies en soek verder vir die koerante. 'n Paar bokse later vind hy dit. Hy begin soek na nuus wat internasionaal plaasgevind het en is gelukkig om 'n hele paar uitknipsels te kry. Gewapen met sy fonds, gaan hy terug na sy kamer.

"Tyron, het jy gevind waarna jy gesoek het, Seun," vra Arlene as sy hom sien opgaan met die trap.

"Ja, dankie Mamma, ek het. Ek gaan net dit wegsit, ek sal môre aan my plakkaat werk."

"Kom dan kombuis toe, Glenn bou 'n legkaart hier. Miskien wil jy hom help of net met my gesels terwyl ek kosmaak."

"Ek maak so, Mamma."

Ek kan haar seker nie vra waar Glenn by is nie, hy sal dit nie verstaan nie en dit sal hom dalk net ontstel. Ek sal haar vra as Pappa vir Glenn gaan bad.

Tony vind hulle almal in die kombuis, ewe gesellig, as hy tuis kom.

"Middag, my bulletjies en my mooiste vrou." Die seuns gee hom albei 'n drukkie voor Arlene 'n kans kry om haar man te groet.

"Hoe was jou dag, my man?"

"Goed, geen nuwe gruwels nie. En wat het julle gedoen by die skool, manne?"

"Ons het leer sokker speel, Pappa. Dit was baie lekker. Ouboet het ook saam met my bal geskop na ete," babbel Glenn.

"Dit klink lekker. En jy, Tyron?"

"Ons het 'n skoolprojek gekry oor wêreldnuus, ek het koerantuitknipsels gaan soek in die kelder. Ek sal môremiddag my plakkaat klaar maak."

"Dit klink baie interessant. Dit klink of Glenn meer geïnteresseerd as jy is in sokker."

"Ja, hy gaan seker die sportman in ons huis raak," antwoord Tyron.

"Mamma en ek was albei goed in sport in ons jong dae. Mamma het hokkie gespeel en ek sokker."

"Ek het dit nie geweet nie. Dan behoort een van ons ten minste ook goed te wees in sport, en ek dink ek sal dit vir Glenn los."

"Hou jy dan glad nie van sport nie, Seun?" vra Arlene.

"Mamma, ek sal tennis speel vir die pret daarvan, maar beoog nou glad nie om die wêreld se nommer een tennisspeler te word nie."

Hulle gesels nog 'n rukkie en dan is dit tyd vir Glenn om te gaan bad. Tyron is opgewonde om sy moeder te vra oor die uitknipsels. Sodra Tony en Glenn weg is neem hy ook dadelik sy kans waar.

"Mamma, ek wil jou iets vra?"

"Vra maar, dat ek hoor."

"Is dit ek wat gesteel was toe ek net gebore is?"

Arlene voel hoe sy yskoud word, maar maan haarself om kalm te bly.

"Waar het jy dit gehoor?"

"Ek het dit nie gehoor nie, maar die koerantuitknipsels gesien in die kelder."

"Ja ... maar gelukkig het ons jou weer gekry. Ek wil nie daaroor praat nie. Ek wil ook nie hê dat jy daaroor moet praat nie. Dit is nie nodig dat Glenn dit weet nie. Dit was 'n baie slegte tyd vir Pappa en my en ons wil net daarvan vergeet."

Tyron kan sien dat sy moeder baie ontsteld is, tog sou hy graag meer daaroor wou weet. Hy weet ook as sy in daardie stemtoon praat is dit 'n afgehandelde saak.

"Dit is reg so, Mamma, ek sal nie vir Glenn vertel nie en ook nie weer daaroor praat nie. Ek is jammer as ek Mamma ontstel het, dit was nie my bedoeling nie."

"Dit is nou klaar, vergeet net daarvan, Seun. Al wat belangrik is, is dat jy hier by ons is en ons jou baie lief het."

"Ek is ook baie lief vir Mamma en Pappa en my boetie."

Daardie aand sukkel Arlene om te slaap, sy dink aan die gesprek wat sy en Tyron gehad het. Sy het al vergeet van die album wat sy gemaak het.

Gelukkig het Tyron nie getwyfel of hy die baba was nie. Dit sal hom onnodig laat wonder het of ons sy ouers is en sal nie goed gewees het vir hom nie. Ek moet onthou om die album te gaan haal en weg te steek waar hy dit nie weer sal vind nie.

Arlene vergeet egter daarvan die volgende dag toe sy met haar take besig raak. Sy wil ook nie vir Tony vertel dat Tyron die album gevind het nie. Volgens haar is die saak afgehandel en sal hy nie weer na die album gaan soek nie. Vir Tyron is dit nie afgehandel nie en sy nuuskierigheid is geprikkel. Hy het net besluit dat hy nie sy moeder sal ontstel en weer met haar daaroor praat nie. Sy wil duidelik nie daaroor praat nie.

By die skool word hulle in die musiek periode voorgestel aan verskillende musiekinstrumente en ook klassieke musiek. Tyron is byna dadelik verlief op die tjello. Die onderwyseres vra dat die leerders by hulle ouers moet uitvind of hulle die onderrig wil ontvang in die instrumente van hulle keuse. Tyron is opgewonde, hy sal baie graag die tjello wil leer bespeel. Net vanaand gaan hy met sy ouers praat daaroor.

Die namiddag werk hy aan sy taak en wanneer sy huiswerk klaar is, gaan speel hy bal met Glenn. Hy hou nie werklik daarvan nie, maar dit is vir hom lekker om te sien hoe Glenn dit geniet.

Wanneer hulle die aand aan tafel is, vra Tony uit oor Tyron se taak en hoe dit by die skool gaan.

"Ek is byna klaar met my taak, ek moet net nog môre die afronding doen. Verder het ons vandag in die musiekperiode na die mooiste tjello-musiek geluister en Juffrou het ons gewys hoe die tjello lyk en ook ander instrumente. Dit is vreeslik interessant. Sy het gevra ons moet by ons ouers uitvind of ons in die instrument van ons keuse opleiding kan ontvang. Ek sal baie graag die tjello wil leer speel."

"Werklik, Tyron?" vra Tony verbaas. Hulle luister nie in die huis na enige klassieke musiek nie en hy vind dit snaaks dat Tyron so vinnig daarin belangstel.

"Ja, werklik, Pappa. Dit is so 'n mooi instrument en die musiek wat dit maak is so strelend en pragtig."

Arlene het eers net geluister en sy hou glad nie van wat sy hoor nie. Vir haar is dit heeltemal 'n vreemde gedagte dat haar seun 'n tjello wil bespeel. Hoekom kan hy nie liewer sokker speel of enige ander sport nie.

"Nee, ek dink nie dat seuns musiekonderrig moet ontvang nie. Dit is nie iets wat manne doen nie."

"Maar Mamma, hoe kan Mamma so sê, Juffrou het vandag vir ons vertel dat meeste van die groot musiekmeesters mans was. Soos byvoorbeeld Bach, Braham, Verdi, Beethoven. Hulle het die mooiste musiek komponeer en ook uitgevoer. Hulle musiek word vandag nog deur mense gebruik."

"Ek weet niks van Bach en Beethoven en wie ook al nie. My seun gaan nie soos 'n vroumens 'n musiekinstrument bespeel nie. Dit is in elk geval net sonde," reageer Arlene bars.

Tony sien die teleurstelling op sy seun se gesig. Dit maak sy hart seer.

Ek weet ook niks van klassieke musiek en die name wat hy genoem het nie, maar die onderwyseres sal tog nie vir die kinders dinge leer wat nie bestaan nie. Daar is tog mans operasangers, en mans wat klavier en viool speel, dit het ons tog al op televisie gesien. Ek sal dit nie waag om Arlene teë te gaan voor die kinders nie. Sy klink in elk geval of sy nie haar standpunt maklik gaan verander nie.

Tyron eet klaar, help om die tafel af te dek, maar praat nie 'n woord nie. Hy is baie teleurgesteld dat sy moeder weier dat hy tjello-lesse neem. Hy het gesien dat sy pa besluit het om stil te bly na sy ma se uitbarsting.

Hoe weet my ma nie dat daar al soveel mans is wat meesters is in een of ander musiekinstrument nie? Daar is tog gereeld advertensies oor uitvoerings by die teater. Hoekom voel sy so sterk daaroor?

Hy dink daardie aand nog lank daaroor en maak 'n besluit. *Ek sal vir Pappa vra as ons alleen is wat hy daarvan dink. Ek sal so bitter graag die tjello wil bespeel, maar dan sal ek 'n tjello nodig hê en waar sal ek dit kry. Ek moet net met Pappa praat.*

Tyron wag sy kans die volgende week af en kry ook die geleentheid waarvoor hy gesoek het toe Arlene die Saterdagoggend met Glenn winkels toe gaan om vir hom winterklere te gaan koop.

"Pappa, ek moet met jou praat oor iets."

"Jy klink baie ernstig, my seun, wat is dit?"

"Dit gaan oor die tjello-lesse ... ek wil dit so bitter, bitter graag doen. Hoekom wil Mamma nie hê ek moet dit doen nie? Wat is daarmee verkeerd? Hoekom dink sy dit is sonde?"

"Seun, daar is niks mee verkeerd nie. Ek dink Mamma dink net aan die musiek van die wêreld, soos daardie Rock-groepe wat hippies is en dwelms gebruik. Wat jy wil doen is nie dieselfde nie. Miskien moet ons dit net anders benader. Ek sal met haar praat."

"Ek wil nie iets agter haar rug doen nie. As ek lesse neem, sal ek 'n tjello nodig hê. Ek gaan mos nie soos daardie ouens in kroeë speel nie, ek gaan as ek eendag goed genoeg is in teaters speel."

"Miskien kan ons haar oortuig dat jy in die kerk se orkes gaan speel. Ek is seker dat hulle daar 'n tjellis sal verwelkom as jy eers kan speel. Wat dink jy daarvan?"

"Ek sal enigiets doen as ek net kan leer speel, Pappa. Dit sal vir my wonderlik wees om in die kerk te kan speel. Dit is mos ook 'n manier om ons Vader te loof en prys, of hoe?"

"Ja, dit is my seun, jy is reg. Ek sal met haar praat. Jy kan net nou al weet dat sy jou nie sal toelaat om in enige ander orkes te speel as die kerk s'n nie."

"Ek kan dit doen as ek eendag klaar is met skool en ek is goed. Dan kan ek verder gaan studeer daarin en dan kan ek in teaters speel. As ek groot is, kan sy my tog nie meer keer nie, Pappa. Ek is lief vir haar, maar ek dink regtig sy is onredelik hierin."

"Jy sal nie heeltemal verstaan hoekom sy so beskermend oor julle is nie, en glo my, sy het al baie afgekoel. Sy wil net die beste vir julle hê."

Onmiddellik weet Tyron waarna sy vader verwys, maar reageer nie. *Dit is sekerlik nog oor daardie voorval. Dit moes ontsettend erg vir haar gewees het.*

So gou Tony die geleentheid kry, praat hy met Arlene soos hy belowe het.

Hy benader dit heel anders: "My vrou, dink jy nie dat ons kerk se orkes briljant is nie. Hulle dien ons Vader met hulle talent en lofsang sal net nie dieselfde wees sonder hulle nie."

"Ja, dit is waar. Ek geniet hulle ook baie en beslis dien hulle ons Vader met hulle gawes."

"Dink jy nie dit sal goed wees as ons seun ook so in daardie orkes ons Vader kan dien met sy gawe nie?"

Arlene dink vir 'n lang ruk, en kyk stip na Tony. Hy het net begin dink sy gaan nou ontplof, as sy antwoord: "Ja, ek het nie daaraan gedink nie. Beteken dit jy sal dit goedkeur dat Tyron tjello-lesse neem en jy vir hom 'n tjello sal koop?"

"Ja, dit is presies wat dit beteken. Hoe kan ek hom keer om ons Vader te eer met sy talent as hy dit ontvang het. Dan mag ons mos nie in sy pad staan nie."

"Goed, dan sal ek instem, maar net op die voorwaarde dat hy net in die kerk of by kerkbyeenkomste mag speel as hy dit bemeester het. Niks van 'n spelery in teaters of waar anders ook al nie."

"Dit is reg so. Ek is seker hy sal daarmee saam stem. Jy weet, al is hy nog so jonk, is hy 'n toegewyde Christen. Hy het mos ook nie gevra om een of ander Rock-instrument te leer speel nie. Dit is nie sy geaardheid nie. Hy vra so min, ek dink werklik ons moet hom hierin ondersteun."

"Ek het mos nou ingestem, as hy by die voorwaardes sal hou."

Tyron spring amper oor die maan van blydskap as Tony hom daardie aand met aandete vertel dat hulle besluit het hy mag tjello-lesse neem, op die voorwaarde dat hy net in die kerk of by christelike byeenkomste sal speel.

"Dankie, Mamma en Pappa. Dit sal wonderlik wees om in die kerk te kan speel. Ek kan nie wag om te leer nie. Baie, baie dankie, ek waardeer dit so."

Tyron kan nie wag om na die naweek skool toe te gaan nie. Hy moet vir die musiekonderwyseres sy goeie nuus gaan vertel.

Die voorwaardes hoef sy nie te weet nie. Al wat belangrik is, is dat Mamma ingestem het en Pappa beloof het om vir my 'n tjello te koop. Ek kan dit byna nie glo nie.

Met hulle volgende musiekklas, sorg Tyron dat hy heel eerste daar is om vir die onderwyseres te vertel.

"Juffrou, Juffrou, my ouers het toestemming gegee dat ek tjello-lesse mag neem!"

"Middag Tyron, dit is wonderlike nuus. Dit beteken ek kan vir jou 'n tyd gee wanneer jou lesse sal wees. Dit sal natuurlik na-ure wees. Gaan hulle vir jou 'n tjello aanskaf?"

"Jammer, Juffrou, middag. Ek is so opgewonde dat ek skoon my maniere vergeet het. Ek besef dit gaan na-ure wees ja, gelukkig is die skool darem nie ver van ons huis nie en sal ek kan stap. Pappa het belowe om vir my 'n tjello te koop. As Juffrou miskien net vir my kan sê watter tipe tjello ons moet koop, sal dit baie help, want ek glo nie ons sal weet nie."

"Die beste beginnerstjello om te koop bied 'n balans van hoë gehalte-materiaal wat gebruik word, bekostigbaarheid en klank. Die *Cremona Student Tjello*, *Lykos Acoustic Cello* en *Waful Acoustic Cello* is die drie wat ek sal aanbeveel."

"Sal Juffrou dit asseblief vir my neerskryf dat ek dit vir Pappa kan gee. Ek sal wag om te hoor wanneer my eerste les is. Jippee! Ek is so opgewonde."

"As jy so entoesiasties is, sal jy beslis daarvan 'n sukses maak. Bespeel iemand in jou familie enige instrumente?"

"Nee, Juffrou."

"Dit is interessant. Ons sal gou sien of jy 'n aanleg het. Jy kan vanmiddag kom en ek sal jou toets op my tjello."

"Dankie, Juffrou, ek waardeer dit baie."

Daardie middag toe hy in die motor klim by Arlene, borrel hy oor soos 'n oorvol dam.

"Mamma, ek moet vier uur by die skool wees dat Juffrou my tjello-aanleg kan toets. Ek sal sommer stap."

"Nee, jy sal niks van die aard doen nie! Ek sal jou neem."

"Dit is mos nie baie ver nie, Mamma, dan net 'n blok."

"Nee, dit is afgehandel, ek sal jou neem."

Hy bly verder stil, want daardie stemtoon ken hy baie goed. Nie eers 'n bom sal sy moeder beweeg as sy gaan standpunt inneem het nie.

Miskien moet ek dan by Juffrou hoor of ek nie 'n lestyd kan kry net na skool nie. Dit sal makliker vir Mamma wees. Dan kan sy my net later kom haal en het nie nodig om heen en weer te ry nie.

Dit is ook die eerste ding wat hy uitsorteer as hy die namiddag by die klas aankom.

"Juffrou, ek het 'n guns om te vra, as ek kan."

"Vra gerus, Tyron, dan hoor ons maar."

"Juffrou, is daar nie dalk 'n les oop iewers in die week net na skool nie? Ek wil nie graag vir Mamma onnodige moeite gee nie, sy help namiddae vir Glenn met sy huiswerk."

"Doen jy sport?"

"Nee, nie regtig nie Juffrou."

"In daardie geval kan ek jou dalk in die sportperiode neem as jy wil."

"O gedorie nee! My ouers is albei baie erg oor sport en sal nie daartoe toestem nie."

"Laat ek sien, gewoonlik neem die beginners twee lesse 'n week. Ek dink tog ons sal dit kan maak werk. Kom ons toets jou eers. Ek gaan vir jou wys hoe om die tjello vas te hou en 'n stukkie speel, hou my mooi dop."

Sy gaan sit op die stoel en neem die tjello, sit die pen in en stut dit op die vloer terwyl die nek op haar skouer rus. In haar regterhand het sy die strykstok en met haar linkerhand druk sy die akkoorde. Sy begin die strelende musiek van die *Blue Danube* van Johann Strauss Jr. te speel.

Tyron is heel in vervoering, tog hou hy haar met arendsoë dop. Hy neem haar elke beweging in.

Skielik hou Juffrou Turner op met speel. Sy staan op en wys Tyron om haar plek in te neem agter die instrument. Hy stap doelgerig na die stoel en neem die instrument se nek by haar, skuif dan agter dit in en laat dit op sy skouer rus soos hy gesien het sy doen. Sy gee die strykstok aan hom.

"Die nootwaardes van die tjello se snare is soos volg. Die eerste een is A_3, daarna volg D_3, G_2, en C_2. Jy kan reeds note lees, so jy behoort dit maklik onder die knie te kry.

Plaas jou duim onder die nek en jou ander vier vingers oor die snare."

"So, juffrou Turner?"

"Ja, dit is korrek. Nou druk vir my 'n D_3 gevolg deur C_2, A_3 en G_3. Probeer dit doen sonder om te kyk."

Tyron druk die snare in die volgorde wat sy dit genoem het, eers onseker en huiwerig.

"Weer, en weer, en weer."

Hy maak sy oë toe en druk die snare. Dit gaan al hoe makliker en binne vyftien minute doen hy dit baie meer selfversekerd.

"Nou kom die moeilike deel by. Stryk met die stok oor die snare terwyl jy die akkoorde druk. Neem jou tyd, dit neem bietjie koördinasie aan die begin om gewoond te raak daaraan."

Tyron, gehoorsaam haar instruksie en skrik effens toe hy die klanke hier by hom hoor. Sy vra hom om dit te doen totdat hy gemaklik voel met die beweging. Na 'n rukkie kan sy sien hy begin reeds die beweging bemeester en is verbaas. Sommige kinders kry dit nie oor drie of vier lesse reg nie.

"Jy doen goed, Tyron. Dit lyk vir my of jy tog 'n natuurlike aanleg het, en dit sal maak dat jy baie vinniger sal leer as ander studente."

"Werklik, juffrou Turner?"

"Ja, ek is baie tevrede. Jou vader kan maar daardie tjello gaan aanskaf, hy sal nie sy geld mors nie."

"Baie dankie, Juffrou. Is daar huiswerk wat ek kan leer?"

"Ja, hier is inligting oor die tjello en ook geskiedenis. Ons moet weet waarvandaan die instrument kom wat ons passie is. Lees dit deur. Volgende keer sal ek vir jou bladmusiek gee om vir my die akkoorde neer te skryf dat ek kan sien hoe goed jy kan bladlees. Ek dink ons kan Dinsdae en Donderdae vir jou net na twee inpas."

"Reg, Juffrou, ek maak so. Baie dankie dat Juffrou my na skool kan neem."

"Dit is in orde, ek sien uit daarna om jou te sien ontpop. Ek het 'n baie goeie gevoel hieroor."

Hy groet en draf na waar Arlene reeds vir hom wag.

"Hallo Mamma, dankie dat Mamma my kom haal het."

"Hoe was dit?" vra sy, meer vir sy onthalwe as dat sy werklik belangstel. Musiek is nie regtig haar ding nie.

"Dit was wonderlik. Juffrou Turner het my die tjello laat vashou en die akkoorde laat druk. Daarna my met die strykstok oor die snare laat beweeg terwyl ek die akkoorde druk."

"Kon jy dit regkry, dit is baie dinge om dieselfde tyd te doen."

"Ja, ek kon. Juffrou dink ek het 'n natuurlike aanleg."

By die huis wag Tony hulle in. Hy is baie nuuskierig om te hoor hoe dit met Tyron se aanlegtoets gegaan het. Arlene het hom die middag geskakel en vertel.

Sodra hy sy vrou en seuns gegroet het, vra hy dadelik: "Tyron, hoe het dit gegaan, ou seun?"

"Dit het baie goed gegaan, Pappa."

Hy vertel in die fynste besonderhede weer wat hy alles geleer en gedoen het. Hy gee die papiertjie met die name van die tjello's aan Tony.

"Sowaar as vet, ek is bly om dit te hoor. Dus is Juffrou Turner oortuig dat jy reg is om jou eie tjello te kry. In daardie geval het ons inkopies om Saterdag te doen."

"Wow, baie dankie Pappa en Mamma. Ek kan julle nie vertel hoe dankbaar ek is dat julle ingestem het nie."

Hoofstuk 5

San Francisco

In die Millner-woning is daar oorlog. Die twaalfjarige Beth wil met alle mag en mening musieklesse neem. Sy is al van kleins af gaande oor tjello-musiek. Sy verstaan glad nie waar dit vandaan kom nie, want nie haar vader Duane, of moeder Vivian bespeel enige instrumente nie. Sy het al voorheen gekarring dat sy musieklesse wil neem en gesoebat dat hulle vir haar 'n tjello moet koop. Hulle het bly verskoning maak dat sy te jonk is.

"Gaan Mammie en Pappie nou weer vir my vertel dat ek nog te jonk is om tjello te leer speel? Dit is heeltemal absurd, kinders begin al leer as hulle nog nie eers behoorlik die tjello kan vashou nie. Ek wil so graag. Hoekom mag ek nie? Hoekom gun julle my niks nie?" vra sy ongelukkig.

"Beth, jy moet kyk hoe jy met ons praat. Ons is jou ouers en jy is nou baie parmantig en rebels. Wat is dit met jou en jou ewige tjello-lesse?" vra Duane Millner vererg. Hy besef te goed as hy haar nie berispe nie, is Vivian op sy nek.

"Sy is te groot vir haar skoene, dit is die probleem! Sy dink sy is 'n groot juffrou en wil vir ons voorsê wat goed is vir haar. Jy is 'n kind en sal maak soos ons vir jou sê. Jy weet dat ons vir jou lief is, maar jy is heeltemal te opstandig deesdae."

"Hoe kan Mammie so sê? Waar is ek opstandig? Is ek opstandig omdat ek 'n droom het wat ek graag wil volg? Dan probeer oortuig julle my nog ek is die een wat rebels is en dat julle my lief het! Watter soort liefde is dit wat nie julle enigste kind gun om haar drome te kan volg nie?" Sy is baie ontsteld en trane stroom oor haar wange.

"Duane, ek het jou mos gesê dat dit 'n fout was. Ons moes jou nooit by daardie dwelmverslaafdes Vicky en Gene King gekoop het nie. En byna het ons nog met haar tweelingbroer ook opgeskeep gesit. Ons moes haar net daar op die hawe gelos het. Mens weet nooit watter karaktertrekke hierdie kinders van hulle gemors ouers gaan erf nie. Kyk nou, sy wil vir ons voorskryf en is so ondankbaar na alles wat ons vir haar gedoen het vir die laaste tien jaar."

"Vivian, bly stil, bly net stil! Hoor jy jouself. Waarvan praat jy?"

Duane ruk haar aan haar arm om haar tot besinning te bring. Beth was nie veronderstel om te weet dat hulle haar gekoop het omdat hulle desperaat was om 'n kind te hê nie.

"Wat! Wat het Mammie nou gesê ... ek is gekoop ... en ek het 'n tweelingbroer? Nee, dit kan nie waar wees nie. Wie is my ouers en waar is hulle?"

"Beth, gaan na jou kamer, Mamma, is deurmekaar. Daar bestaan nie so iets nie. Natuurlik is jy ons eie dogter. Haar bloedsuiker is sekerlik te laag en nou is sy nie by haar positiewe nie."

Beth hardloop na haar kamer en slaan haar deur toe. *Haar bloedsuiker is te laag en nie by haar positiewe nie, my hele voet! Sy weet presies wat sy gesê het. Hulle wil net nie hê ek moes weet nie. Ek beter daardie name dadelik neerskryf. Wanneer ek oud genoeg is, gaan ek na my ouers en broer soek. Wat het sy gesê ... Vicky en Gene King! So, my van is eintlik King en nooit Millner nie. Ek sal uitvind, dit belowe ek julle.*

In die sitkamer gaan die oorlog voort tussen Duane en Vivian. Hulle baklei eintlik nooit, maar hierdie is 'n ernstige saak wat Vivian nou uitgelap het in haar woede.

"Is jy mal, Vivian? Hoe kan jy jouself nie bedwing nie? Sy is net 'n tiener en ek weet sy sanik nou al lank oor die musieklesse, maar dit is mos nie 'n kriminele oortreding nie. Hoekom moes jy alles gaan uitbulder?"

"Ek was net so woedend. Ons het alles vir haar gegee en ek kan haar opstandigheid nie hanteer nie. Jy het mos nou aan haar gesê dat dit net nonsens is as gevolg van my bloedsuiker wat so laag is."

"Dink jy vir een enkele sekonde, ons meisiekind wat vandat sy met skool begin het en nog steeds elke jaar aan die top van haar klas is, sal dit glo? Dan is jy werklik meer naïef as sy. Sy mag swyg daaroor omdat sy bevrees is jy gaan haar te lyf gaan, maar vergeet en glo gaan sy my storie beslis nie. Hoe dink jy moet ons dit nou hanteer?"

"Ek dink steeds ons moet dit net ignoreer. Wat wil sy daaraan doen? Sy is net 'n dogter van twaalf jaar oud. Dink jy die polisie of welsyn sal enigsins na haar luister of haar glo. Hulle sal dink sy is net 'n nukkerige tiener wat 'n rede soek om weg te kom van haar ouers af."

"Ek het geen ander plan nie, jy het dit behoorlik opgemors. Ek hoop net jy is reg dat sy niks daaraan sal doen nie."

"Ons sal maar moet wag en sien."

"Jy was in elk geval baie onredelik. Die kind is nie 'n dwelmverslaafde of lê nie op straat of hang met ongure vriende uit nie. Jy laat dit nie eers toe dat sy maats het, of by maats gaan kuier nie. Sy wil net musieklesse neem. Ek weet ons wil haar nie toelaat nie, maar dit was nie nodig om haar so te verskree nie."

"Jy sal altyd haar kant vat ... ek is jou vrou, al kon ek nie vir jou kinders gee nie," sanik Vivian nou.

"Vivian, stop dit net! Ons het saam besluit ons wil daardie kinders hê omdat ons geweet het hulle ouers is verslaafdes en ook omdat ons nie self kan kinders kry nie."

"Jy sien daar sal in elk geval nie rekords daarvan wees nie, omdat ons nie deur die welsyn gewerk het of die polisie nie daarvan bewus was nie. Daardie jare was daar nog nie die databasis wat daar nou is nie. Sy sal nêrens kom nie."

"Jy dwaal van die punt af, my vrou."

"Ja, ek het saam met jou die besluit geneem. Steeds dink ek nie dit is nodig dat jy altyd haar kant kies bo my nie."

"Jy is nou soos 'n jaloerse tiener, en dit op 'n kind wat jy self grootgemaak het. Jy is my vrou en sy my dogter. As jy onredelik optree teenoor haar, is dit my plig om vir haar op te kom. Net so het ek haar berispe toe sy so hard met jou gepraat het."

"Ons kan haar nie vertel nie, al wil ons ook. As sy na die polisie of welsyn gaan en hulle vind uit ons het haar onwettig gekoop by daardie uitvaagsels, sal ons aangekla word van kinderhandel."

"Jy is heeltemal reg, maar dit is juis hoekom sy nooit moet weet nie. Nou gaan sy agterdogtig wees en later gaan sy begin soek, en dan?"

"Ignoreer dit net, sy sal nie na die polisie gaan nie. Hoe sal sy dit doen as sy weet hulle sal ons kom ondervra. Waar sal sy gaan bly?"

"Ek dink jy moet in die bed gaan lê. Ek sal sê jy het inmekaar gesak en ek het jou kamer toe geneem en dat dit lyk of jy 'n ligte beroerte gehad het. As jy dan wakker word, moet jy baie deurmekaar optree. Ek sal vir jou medikasie gaan kry en dan kan jy môre maak asof jy niks van julle verskil kan onthou nie. Probeer asseblief jou humeur in toom hou in die toekoms. Die kind gaan deur 'n moeilike stadium," maan Duane haar.

"Dit klink na 'n briljante plan, dan sal sy glo dat ek net deurmekaar was." Vivian gaan dadelik na hulle kamer, trek haar slaapklere aan en klim in die bed.

Beth werk in haar kamer aan haar eie strategie. *Ek sal dit net ignoreer en vir my ma verskoning vra dat ek so hardgebak was. Maak asof ek glad nie gehoor het wat sy geskree het nie. Nie weer oor die tjello-lesse praat nie en 'n ander plan daar maak. Ek sal vir meneer Krige vra of ons nie 'n ander plan kan maak nie. Al moet ek ook al my sakgeld gebruik om dit te betaal. Hy sal my help, want hy het my klaar getoets en glo dat ek 'n besonderse aanvoeling het vir musiek.*

Sy skrik toe sy 'n klop aan haar deur hoor en sit vinnig haar dagboek onder haar kopkussing in.

"Binne."

Duane maak die deur op 'n skeef oop en loer in.

"My Meisiekind, Mamma het inmekaar gesak ... ek het haar kamer toe gedra. Dit lyk asof sy 'n ligte beroerte gehad het. Sy was heel deurmekaar. Ek gaan gou na die apteek om te verneem of daar iets is wat ek vir haar kan kry. Sy slaap nou."

"Wat? Het sy werklik inmekaar gesak? Moet Pappa haar nie liewer na die hospitaal toe neem nie. Beroerte is mos baie gevaarlik," vra Beth nou baie bekommerd.

"Nee, ek sal haar mooi dophou deur die nag. As dit lyk of sy verswak, sal ons haar dadelik neem. Hou maar net 'n ogie vir as sy dalk wakker raak."

"Ek maak so, Pappa. Ek is baie jammer dat ek so hard gepraat het met haar."

"Dit is alles reg, vergeet daarvan."

Duane is baie in sy skik wanneer hy by die voordeur uitgaan. *Dit lyk of my plan vir nou gaan werk. Sy is dood bekommerd oor haar ma en sal dadelik vergeet van die hele gedoente. Sy sal nou beslis glo dat Vivian net deurmekaar was. Ek wil nie my kind so mislei nie, maar wat anders moet ek doen? Vivian het ons nou in 'n baie moeilike posisie gesit. Ons al nooit weet of sy dit gaan opvolg een of ander tyd nie.*

Beth is dadelik op om te gaan kyk of haar ma slaap. Sy vind haar, soos haar pa gesê het, vas aan die slaap. Sy sluip weer op haar tone uit om haar nie te steur nie.

Ek hoop werklik nie sy kom iets oor nie ... ek het net gevra om tjello-lesse te neem en sy was so aggressief. Kan dit dít wees wat haar so ontstel het? Dit kan tog nie wees nie? Miskien was sy deurmekaar toe sy daardie goed vir my geskree het. Tog moet dit van iewers in haar onderbewussyn kom. 'n Persoon wat deurmekaar is kan tog nie net goed uit die lug gryp nie? Ek sal beslis stilbly, maar daar los sal ek dit nie vir altyd nie.

Sy wag vir haar pa in die sitkamer en is dankbaar as sy hom by die voordeur hoor inkom.

"Pappa, wat sê hulle?"

"Dit kan haar bloedsuiker wees wat drasties geval het en dit kon veroorsaak het dat sy soort van in 'n semi-koma geval het. Of dit kan 'n ligte beroerte wees as haar bloeddruk baie hoog was en sy nie daarvan bewus was nie. Ons moet haar dophou en ek het 'n bloeddrukmeter gehuur om te kyk hoe haar bloeddruk lyk. Sy het vantevore nie bloeddruk probleme gehad nie, maar die goed sluip mos oornag op mens af. Moet jou nie bekommer nie, my Meisiekind."

"Ek wil nie hê sy moet iets oorkom nie, Pappa."

"Sy sal nie, ek belowe. Ek gaan nou na haar toe. Wees jy rustig. Ek sal jou roep as sy wakker word."

"Reg so, dan gaan doen ek maar verder my huiswerk."

53

Duane en Vivian maak die fasade wat hulle opsit werk, en glo dat hulle Beth se aandag heeltemal afgelei het van die voorval en wat gesê is. Tog het hulle nie rekening gehou met hoe super intelligent hierdie meisiekind wat hulle as hul eie grootgemaak het, is nie.

In die volgende dae keer alles weer na normaal terug in die Millner-huishouding. As Duane en Vivian nie die hele tyd hul asems opgehou het in afwagting om te sien of Beth weer die voorval ophaal nie, sou hulle agtergekom het dit is eintlik alles te kalm.

Beth praat nie daaroor nie, sy probeer nie weer hul toestemming kry om tjello-lesse te neem nie. Sy is rustig en gaan haar gang soos vantevore. Sy ontstel nie vir Vivian nie, en is gehoorsaam. Sy was nog altyd baie gehoorsaam, dit is net die musieklesse waaroor hulle verskil het.

Beth, op haar beurt, het by haar belofte vir haarself gehou en gaan praat met meneer Krige.

"Meneer, u weet hoe graag ek tjello-lesse wil neem."

"Ja, ek weet en ek wil ook baie graag hê dat jy dit moet doen. Jy het beslis 'n talent."

"My ouers weier steeds. Is daar nie 'n manier wat ek dit kan doen sonder dat hulle dit weet nie? Ek sal self met my sakgeld daarvoor betaal. Die enigste probleem is net dat ek nie 'n tjello van my eie sal hê nie."

"Los dit vir my, ek sal iets uitwerk. Gee my net 'n paar dae tyd, dan sal ek jou laat weet hoe ons gaan maak. Ek dink regtig nie jou ouers besef hoeveel talent jy het nie."

"Dankie, meneer Krige, ek waardeer dit dat u bereid is om my te help. Dit is werklik 'n droom van my."

"Vir leerders met so 'n passie soos jy vir iets, doen ek dit graag. Ek weet jy sal net jou beste gee."

Beth is dankbaar as sy daar weg stap. *Ek wonder hoe hy gaan maak met die dat ek nie 'n tjello het nie? Ag, ek sal dit aan hom oorlaat, hy het belowe en hy sal sekerlik iets uitwerk. Daar is min onderwysers wat so baie vir hul studente doen soos meneer Krige.*

Sy voel nou sommer asof 'n berg van haar skouers geval het nou dat sy weet meneer Krige gaan haar help. *Wel die eerste deel van my plan lyk of dit in plek gaan val. Nou kan ek net wag om die tweede deel in werking te laat kom. Daarvoor sal ek ongelukkig nog ten minste drie jaar moet wag. Intussen kan ek geld spaar en probeer om 'n meester in die tjello te raak. Dit sal deure vir 'n inkomste vir my oop maak vir wanneer ek my plan wil uitvoer. Vir nou moet ek nie daaraan dink nie, dit sal my net angstig maak. Ek wil nie hê my ouers moet uitvind nie.*

'n Week later wanneer hulle musiekklas het, vra John Krige haar om agter te bly vir 'n oomblik.

"Ek het vir jou baie goeie nuus. Ek het reeds uitgevind dat jy nie sport doen in die LO periode nie. Dus kan ons jou les in daardie periode inpas."

"Dit sal gaaf wees, Meneer."

"Omdat dit in skooltyd val, hoef jy nie daarvoor te betaal nie, want dit val in my onderrigtyd."

"Regtig, is dit regtig waar?"

"Dit is, ja."

"Maar wat gaan ek doen vir 'n instrument?"

"Dit is ook reeds uitsorteer. My meester wat my geleer het, is al 'n bejaarde man. Alhoewel hy nog steeds speel, het hy meer tjello's as wat hy gebruik. Hy het goedgunstiglik vir jou een van sy tjello's geskenk."

"Nee, dit kan nie waar wees nie! Het hy regtig, Meneer?" vra sy nou uit haar vel.

"Ja, hy het, regtig. Ek het hom vertel dat jy 'n besondere talent het en hy was dadelik vuur en vlam om vir jou 'n tjello te skenk. Ek het belowe om jou een dag te bring wanneer jy al mooi kan speel."

"Dit sal ek met graagte vir hom doen, maar dit sal sekerlik nog 'n lang tyd neem."

"Ons sal sien. Ons kan volgende week met jou lesse begin. Ek beveel aan dat jy nie ons geheim met jou maats deel nie. Hoe minder mense weet, hoe beter is die kanse dat jou ouers nie sal uitvind nie. Ek weet dit is verkeerd, maar ek dink regtig dat jy nie besig is met onbesonnenheid nie. Eendag as jy 'n suksesvolle tjellis is, sal hulle baie trots wees op jou."

"Baie dankie dat Meneer so baie vertroue in my het. Ek sal vir niemand vertel nie. Die ander doen in elk geval almal sport, dit is net my ouers wat weier dat ek sport doen. Hulle is baie oorbeskermend teenoor my. Seker maar omdat ek 'n enigste kind is." *Of glad nie hulle kind is nie, soos ek vermoed na daardie voorval.*

"Ek is seker hulle wil jou net beskerm ja. Ek sien uit om te begin met jou klasse. Sien jou dan Dinsdag."

"Dankie, meneer Krige, u het 'n baie goeie hart."

Ek kan nie glo wat pas gebeur het nie. Die enigste persoon wat ek met hierdie inligting kan vertrou is vir Megan. Ons kom darem ook al baie jare saam. Ongelukkig kan ek haar nie vertrou met my vermoede oor my ouers nie. Dit is net te gevaarlik.

Wanneer hulle weer pouse het, gryp sy Megan se arm en trek haar agter haar aan.

"Waarheen is jy so haastig, Beth?"

"Ek het groot nuus om met jou te deel, maar jy moet belowe dat jy dit nie eers vir jou ma sal vertel nie."

Hulle gaan sit op hulle gewone plekkie, op die muurtjie by die parkeerarea. Hier is dit stil en word hulle nie gepla nie.

"Wat is dit?"

"Belowe eers … dit is werklik baie belangrik, ander kan alles misluk."

"Ek belowe. Jy weet mos as jy my vra om 'n geheim te hou, bly ek stil daaroor. Uit nou daarmee, ek kan sien jy wil bars van opgewondenheid."

"Ek gaan tjello-lesse neem! Kan jy dit glo, my droom gaan waar word."

"Hoe! Jou ouers weier dan dat jy dit doen?"

"Dit is waar die geheim inkom. Meneer Krige gaan vir my les gee in die sportperiode omdat ek in elk geval nie sport doen nie."

"Jy gaan tog seker 'n tjello nodig hê daarvoor. Wat daarvan?"

"Hy was so gaaf om by sy ou meester, 'n bejaarde omie wat 'n hele paar tjello's het, vir my een te kry. Gratis en verniet. Is dit nie soos 'n wonderwerk nie?"

"Ja, dit is beslis. Ek is baie bly vir jou. As jy nou geleer het sal jy dan nie eers aan opvoerings kan deelneem nie, jou ouers sal dit nie toelaat nie. Wat is die nut dan om te leer?"

"Glo my, daar is baie nut aan, en ek weet meneer Krige sal 'n plan maak dat ek kan optree. My ouers steur hulle niks aan musiek en musiekopvoerings nie."

"Sal dit jou nie pla om dit van hulle af weg te steek nie?"

"Nee, want ek is nie besig om iets krimineel aan te vang nie. Ek wil net myself bevorder in die passie wat ek het. Hulle wil om een of ander rede niks daarvan weet nie. Het jy al gehoor dat ouers nie wil hê hulle kind moet aan enige sport of kultuur-bedrywighede deel neem nie. Julle mag almal sport doen en koor sing en doen wat ook al julle harte begeer. Ek mag niks doen nie. Ek moet net leer en leer en leer."

"Dit is waar, vriendin. Ek het al daaroor gewonder. Hoekom wil hulle nie hê jy moet aan enigiets deelneem nie? Julle het tog nie 'n tekort aan geld nie."

"Nee, ek het geen idee nie. Al antwoord wat ek altyd kry is dat dit net nonsens is wat mens nie kan gebruik in 'n beroep nie."

"Mens kan tog nie die hele tyd ook net werk nie. Doen geen een van jou ouers enige sport nie?"

"My pa en ma speel golf en tennis."

"Nou jy sien, dan werk daardie storie mos nie."

"Nee, dit werk net een kant toe, na my kant toe. As ek hulle daaroor vra, vertel hulle net vir my dat my pa met sy besigheids-kollegas golf speel en dit is goed vir besigheid. My ma doen dit om saam met hom iets te doen. Ek kan nie wen nie. Dit voel soms of hulle my wil versmoor. Jy weet self ek mag nie eers by jou gaan oorslaap nie."

"Dit is seker maar omdat jy 'n enigste kind is."

"Miskien ... maar ek verpes dit. Ek wens ek het soos jy nog broers en susters gehad."

"Ja, ek sal ook nie graag die enigste kind wou wees nie."

Die volgende Dinsdag begin Beth met haar tjello-lesse, en uit die staanspoor is dit duidelik dat sy beslis 'n spesiale talent het. John Krige is baie dankbaar dat hy die kans op haar neem. Sy gaan beslis dit ver bring met haar loopbaan as tjellis. Sy het net daardie aanvoeling vir die instrument. Sy sukkel nie vir een oomblik met enigiets wat hy haar wys of vra om te doen nie.

Beth is in die sewende hemel wanneer sy agter daardie tjello inskuif. Dit is soos 'n wonderlike skattejag vir haar soos meneer Krige vir haar nuwe dinge leer. Hy het haar toestemming gegee om as sy wil, pouses te kom oefen. Sy gryp die kans met albei hande aan. Met Megan as haar enigste toeskouer, gaan sy oor alles wat sy al geleer het.

"Beth, is jy seker jy het nog nooit vantevore die tjello bespeel nie?" vra Megan verbaas as sy haar dophou.

"Natuurlik nie, jy weet dit tog."

"Wel, dan verstaan ek nou hoekom meneer Krige bereid is om jou te help al weet hy dit is teen jou ouers se wense. Jy het regtig 'n besonderse talent. Jy het net nou die dag begin en jy is reeds so gemaklik en leer so vinnig."

"Nou verstaan jy hoekom ek so geveg het hiervoor. Nou het ek die geveg gewen, al weet my ouers dit nie. Ek hoop net eendag as hulle uitvind, sal hulle trots wees op my."

"As hulle nie gaan wees nie, moet daar groot fout met hulle wees."

Hoofstuk 6

Terug in Reno, vorder Tyron ook met rasse skrede op die tjello. Namiddae as hy in sy kamer oefen, is dit nie lank nie of Glenn klop aan sy deur.

"Boeta, kan ek maar inkom?"

"Ja, natuurlik kan jy. Jy moet net stil wees, dat ek kan konsentreer as ek speel, want ek is besig om 'n nuwe musiekstuk in te oefen."

"Ek het gehoor, dit is hoekom ek wil kom luister. Dit lyk so moeilik om te speel. Gelukkig wil ek liewer sokker speel. Dit is nog altyd lekker om na jou te kyk en te luister."

"Ag, jy is so kosbaar, Glenn. Luister gerus."

Tyron sit agter sy musiekstander waarop die bladmusiek van die stuk rus. Hy begin die nuwe stuk van voor af speel. Sodra hy 'n fout maak, begin hy oor. Dit is egter nie lank voor hy die hele stuk deur speel nie. Glenn is heeltemal betower.

"Sjoe, Ouboet, jy is darem maar goed met hierdie tjello-ding. Jy speel nog nie eers lank nie, en kyk hoe goed speel jy al. Ek weet nie hoe jy op die snare gedruk kry, jou hand op en af beweeg en nog met die ander hand die strykstok kan beweeg nie. Ek sal myself knoop."

"Nee, man, dit is nie so moeilik nie."

"Baie moeiliker as om agter 'n sokkerbal aan te hardloop."

Alhoewel Arlene glad nie iemand is wat klassieke musiek ken of na geluister het nog ooit nie, het sy ook van die musiek begin hou wat haar seun speel as hy oefen. Dit is so strelend en rustig.

Tony kom in die kombuis ingestap waar sy besig is met die kos.

"Dit klink my sowaar of ons seun 'n spesiale talent het vir die tjello. Een van ons voorouers was seker baie goed in musiek."

"Ja, ek het hom nou net so geluister voor jy gekom het. Hy het aan 'n nuwe stuk begin oefen. Dit was net so 'n paar maal se speel, toe speel hy dit vlot deur. Glenn sit natuurlik soos 'n gehipnotiseerde hondjie vir hom en luister. Dit is te goed hoe vinnig hy heeltemal mal geraak het oor die musiek wat sy boetie speel."

"Ja, hy vrek oor sy ouboet, al is hulle geaardhede ook so verskillend."

Die volgende oomblik kom Glenn die kombuis in gehardloop, reg in Tony se arms in.

"Middag Pappa, het Pappa gehoor hoe mooi Ouboet speel?"

"Ja, ek het so 'n stukkie gehoor."

"Ek weet nie hoe hy dit reg kry nie, dit lyk vrek moeilik. Ek sal maar liewer agter 'n sokkerbal aan hardloop. Dit is veel makliker."

Tony en Arlene bars uit van die lag vir Glenn se spitsvondigheid.

Tussen die skoolwerk en om tjello te bemeester, gaan Tyron se gedagtes telkens na die album met die uitknipsels in die kelder.

Ek wonder steeds hoekom Mamma nie daaroor wil praat nie. Dit is tog jare gelede en hulle het my mos gekry. Ek sal nog moet gaan lees hoe hulle my gevind het. Sodra ek 'n kans kry, maar dit sal moet wees as Glenn en Pappa nie hier is nie en Mamma besig is. Sy sal my velle aftrek as sy weet ek gaan weer daar krap.

Wag 'n bietjie, miskien kan ek dit vir myself baie makliker maak. Ek wil graag meer tjello oefen, want hoe meer ek oefen, hoe gouer gaan ek dit bemeester. Ek gaan vir Pappa en Mamma vra of ek my musiekkamer in die kelder kan maak. Dan sal ek mos niemand pla nie en ek is naby die album. As iemand afkom, sal ek hoor. Ek dink dit is 'n briljante plan.

Later die aand wanneer hulle met aandete besig is, raak hy die saak aan: "Pappa en Mamma, ek wil graag meer tjello oefen, maar wil julle nie pla nie. Nou het ek gewonder of ek nie my musiekkamer in die kelder kan maak nie. Daar is mos baie spasie en genoeg lig. So, sal dit julle nie pla nie en ek kan meer oefen as ek tyd het."

"My vrou, wat dink jy van die idee?"

"Ek dink nie dit kan 'n probleem wees nie. Jy kan maar vir jou daar 'n plekkie kies. Jy weet mos Mamma wil net hê dat dit altyd netjies moet wees."

"Dan klink dit my jy kan maar jou musiekkamer inrig, ou seun."

"Baie dankie, Pappa en Mamma. Ek belowe om dit netjies te hou. Ek sal net 'n stoel, my musiekstander, tjello en miskien 'n tafeltjie waarop ek my musiekboeke kan neersit daar rangskik."

"Dit klink reg. Daar onder is tafeltjies wat nie in gebruik is nie, neem daar een," stel Arlene voor.

"Reg, dankie Mamma."

Wow, sommer twee vlieë met een klap. Ek gaan môre na skool dadelik my musiekkamer inrig.

"Sal ek dan nog steeds kan kom luister hoe jy oefen, Ouboet?" vra Glenn bekommerd.

"Natuurlik sal jy kan kom luister. Dit is mos net by die trap af, jy is welkom om te kom net wanneer jy wil."

"Ons sokkerspeler wat mal is oor klassieke musiek..." lag Tony.

"Hou Pappa dan nie ook van die mooi musiek nie?" vra Glenn.

"Beslis hou ek van die musiek. Ek het tot onlangs nie veel aandag daaraan gegee nie, maar nou luister ek graag daarna. Tyron, wanneer dink jy sal jy saam met die kerkorkes kan begin speel?" vra Tony.

"Pappa, die neem gewoonlik twee tot vyf jaar om die tjello werklik te bemeester. Ek sal met Juffrou Turner praat en hoor wat sy dink."

"Genugtig, so lank? Dit klink dan vir my of jy reeds weet hoe om die ding te bespeel."

"Daar is nog baie wat ek moet leer, Pappa. Ek doen my eerste tjello-eksamen oor twee maande wanneer ons ook met die jaareinde eksamens by die skool begin."

"Hoe werk dit?" vra Arlene.

"Mamma, ons skryf musiekteorie om ons kennis te toets en dan doen ons ook prakties op die tjello self."

"Hier dink ek dat jy net speel en dit is al. Intussen is dit heel anders. Wat leer julle in die teorie?"

"Ons leer musiekterme en ook musiekgeskiedenis."

"Werklik?" Tony is verbaas, want hy is heel onkundig in die dinge en hy weet Arlene ook.

Die volgende Dinsdag vra Tyron vir Juffrou Turner wanneer sy dink hy sal saam met die kerk se orkes kan begin speel.

"Juffrou, hoe lank dink Juffrou sal dit nog neem voor ek saam met ons kerk se orkes kan speel?"

"Tyron, jy het my verbaas. Jy het so vinnig opgevang. Jou hand-oog koördinasie is fantasties. Jy kan beter as die meeste ouer studente bladmusiek lees en baie vinniger ook. My ander studente wat jou ouderdom is, kan nog nie een musiekstuk deur speel nie. Jy leer hulle een na die ander. Ek dink werklik jy is ver voor jou maats. Ek sien uit na die eksamen, en dink as ek jou die volgende graad se eksamen sou laat doen sal jy dit ook slaag."

"Sjoe, is Juffrou nou ernstig?"

"Ek is doodernstig. Ek weet jy het gesê jou ouers is nie een musikaal aangelê nie, maar iewers in jou familie moet daar iemand wees wat baie goed is in musiek. Jy het sekerlik daardie gene geërf. Daarby is jy baie toegewyd. Ek is seker jy oefen ver meer as jou een uur per dag, is ek reg?"

"Ja, Juffrou, dit is. Dit voel nie soos werk nie, ek geniet dit baie."

"Die bladmusiek van die liedere wat julle in die kerk sing sal jy baie maklik baas raak. Dit is baie makliker as die wat jy reeds speel. In 'n orkes gaan dit oor tydhouvermoë en joune is perfek. So as jy wil, kan jy probeer. Ek dink jy is al gereed."

"Wel, dan dink ek moet ek probeer. Juffrou weet mos dit is al waar my ouers my sal toelaat om te speel."

"Ja, jou moeder het dit baie duidelik gemaak dat jy nie in die skoolorkes mag speel of enige ander optredes mag doen nie."

"Toemaar, Juffrou, eendag sal ek wel my vlerke kan sprei en in teaters kan speel. Ek bly gelukkig nie net dertien nie."

"Jy is 'n wyse seun. Sien hierdie as die grondslag vir jou drome."

"Ek doen, Juffrou."

Baie opgewonde oor die nuus wat hy by juffrou Turner gekry het, klim hy die middag in die motor.

"Middag Tyron, hoe was jou dag, my seun," groet Arlene.

"Middag Mamma, dit was super dankie."

"Wat het gebeur dat dit so super is?"

"Juffrou Turner sê dat ek ver voor my maats is met my vaardigheid op die tjello. Sy dink as ek die graad bo ons graad se eksamen sou doen, ek dit ook sal slaag. Sy dink ek is meer as gereed om in die kerkorkes te speel."

"Dit is baie goeie nuus. Ek sal met ons kerk se musiekleier praat, ek weet hulle oefen een maal 'n week die liedjies wat ons die Sondag gaan sing. Miskien kan hy die bladmusiek vir jou stuur en kan jy saam met hulle gaan oefen later in die week."

"Dit sal wonderlik wees, Mamma. Baie dankie. Miskien kan hulle die bladmusiek vir ons faks."

"Ek glo hulle sal kan."

Terwyl Tyron later met die trappe afgaan na die kelder, onthou hy dat hy nog nie weer na die album gekyk het nie. *Miskien moet ek sommer nou gou voor ek begin oefen. Mamma is nou besig met Glenn met sy huiswerk.*

Hy sit sy bladmusiek reg en gaan dan na die boks waar hy weet die album is. Gou het hy die album en begin blaai verby die eerste artikels wat hy reeds gelees het. Wanneer hy by die nuwer artikels kom waar hulle hom gevind het, begin hy lees. Hy is baie op sy hoede. *Mamma mag my nie uitvang nie.*

Hy lees hoe die FBI 'n tweejarige peuter op die hawe gevind het, sonder enige grootmense in die omtrek. Hulle was besig met 'n klopjag daar op dwelmhandelaars. Dat hulle hom toe na die welsyn geneem het en ook die polisie in kennis gestel het van die seuntjie wat hulle gevind het. Paragraaf vir paragraaf wat hy lees, ontvou die storie van hoe hy weer terug besorg is aan sy ouers na twee jaar. Geen woord van wie hom daar gelos het of wie hom gesteel het nie.

Hoe het hulle geweet dat ek hulle baba is wat weggeraak het. Ek is dan nie eers in Reno gevind nie, maar in San Francisco?

Die deur aan die bopunt van die gang wat oopgaan, onderbreek sy gedagtes. Hy sit dadelik die album weg en gaan sit met sy tjello, baie diep besig met die bladmusiek voor hom.

"Seun, hier is vir jou koekies en koeldrank. Jy werk so hard. Glenn het nou gaan bal skop. Miskien kan jy ook 'n breek neem."

"Dankie Mamma, ek sal dit so tussendeur geniet. Het Mamma al met die oom of tannie by die kerk gepraat?"

"Goed jy herinner my, ek gaan nou dadelik skakel as ek bo kom. Lekker oefen."

"Dankie, Mamma." *Sjoe, ek sal versigtig moet wees. Gelukkig het ek gehoor. Kom ek oefen en vergeet nou eers van dit wat ek gelees het.*

Tyron sit 'n goeie twee ure in voor hy besluit om eers sy huiswerk te gaan klaar maak voor hy later weer kom oefen.

"Tyron, kom gou hier?" roep Arlene as sy hom by die deur van die kelder hoor uitkom.

"Ja, Mamma."

"Oom Jurgens is baie opgewonde om jou in die orkes te hê, hulle het nog nie 'n tjellis daar nie. Hy sal voor vanaand die musiek deur faks. Ek sal nou net gaan kyk of hy dit dalk al gestuur het."

"Dankie, ek sal sommer op pad na my kamer gaan kyk. Dan kan ek later as ek weer oefen daaraan begin oefen."

"So pligsgetrou. Dit is reg so, my seun."

Tyron vind die bladmusiek by die faks. Voor hy begin met sy huiswerk, loer hy vinnig daarna.

Dit lyk heel maklik. Juffrou Turner was reg, dit is baie minder ingewikkeld as die groot meesters se gekomponeerde werke en baie korter ook. Ek sal dit vinnig kan baas raak.

Aan die etenstafel vertel Arlene vir Tony dat Tyron later die week saam met die musiekspan van die kerk gaan oefen om die komende Sondag saam met hulle te speel. "Sy musiekjuffrou meen glo dat hy al die volgende graad se werk baasgeraak het en meer as gereed is."

"Dit is goeie nuus. Ek kan nie wag om jou Sondag in die kerk te hoor speel nie, Seun. Dit is al hoe ons ons talente sinvol kan aanwend, deur ons Vader daarmee te eer. Dit klink mos vir my of Hy jou met 'n ekstra maat geseën het as dit by die tjello kom."

"Ja, dit is net so, my man. Dit is mos hoekom ons ingestem het dat hy mag leer speel."

Tyron is heeltemal tevrede, want hy weet dit is net die begin van sy drome. Hy gaan graag kerk toe en is gelowig soos sy ouers. Hierdie blootstelling sal eendag die goeie basis van sy loopbaan wees.

Jurgens en die ander lede van die musiekspan is uit hulle skoene verras toe hulle Tyron hoor speel. Hulle kan nie glo die kind is nog net dertien en speel minder as 'n jaar die tjello nie.

"Tyron, sjoe, jy is met 'n groot talent geseën. Ek is so bly jou moeder het my genader."

"Dankie Oom, ek is dankbaar."

Twee maande later skryf hy eers sy musiekteorie en daarna doen hy sy praktiese tjelloeksamen. Die moderator is mevrou Ina Dimicelli, 'n regte prima donna.

"Jongman, dit was 'n uitstekende uitvoering. Ek dink werklik juffrou Turner moet jou eerder die hoërgraad se eksamen laat aflê het. Ek het geen twyfel dat jy dit met 'n A-simbool sou slaag nie."

"Dink Mevrou werklik so?" vra hy skamerig vir die vrou met die groot bril en pikswart, lang bokstert bo-op haar kop.

"Ek dink werklik so. Ek voel so sterk daaroor dat ek gaan uitvind of jy dit nie nog kan doen volgende week nie. Sal dit in orde wees met jou?"

"Dit sal, as u dink ek is gereed om dit te doen."

"Ek dink nie so nie, ek weet so. Juffrou Turner sal jou laat weet watter dag."

"Dankie, opreg dankie vir u vertroue in my vermoë."

"Ek het niks gedoen nie, dit is jou eie toewyding."

Twee dae voor die skool sluit vir die somervakansie, doen Tyron die hoërgraad se eksamen. Albei Ina Dimicelli en Mildred Turner weet reeds dat hierdie seun, net dertien jaar oud, hierdie eksamen met lof gaan slaag.

Dit is ook net so. Hy is absoluut briljant in sy uitvoering van die stuk wat hy speel. Sy teorie kry hy volpunte voor. Hulle hou dit egter stil, want dit sal 'n hewige opskudding veroorsaak onder ander musiekstudente as hulle hoor hoe jonk hy is en dat hy beter vaar as studente wat al twee jaar en langer die tjello bespeel.

Die praktiese eksamens word op band geneem, en Ina Dimicelli besluit om dit aan 'n paar van haar kontakte in die klassieke musiek wêreld te stuur om hulle menings daaroor te kry. Sy verswyg egter die feit dat die tjellis net dertien jaar oud is en nog nie eers 'n jaar speel nie. Wanneer sy die kassette versend, het sy 'n glimlag om haar mond.

Juffrou Turner, Tyron en sy ouers is glad nie bewus van Ina Dimicelli se aksies en motiewe nie. Die Harris-gesin is op pad om te gaan vakansie hou langs die Kaliforniese kus by Redando. Glenn en Tyron is baie opgewonde, want nie net gaan hulle Disneyland en Universal Studios besoek nie, maar ook Knott's Berry Plaas besoek. Dit is alles binne veertig minute vanaf Redondo Beach. Die agt ure wat hulle daarheen moet reis, gee hulle glad nie om voor nie.

Terwyl Tyron besig is om saam met sy familie vakansie te hou en homself gate uit te geniet, is daar ander dinge wat besig is om te gebeur. Dinge wat sy lewe gaan verander in die toekoms. Drie weke nadat Ina Dimicelli die kassette afgestuur het na haar vriende, ontvang sy 'n oproep van haar ou vriend wat die professor vir tjello is by die Reno Konservatorium vir Musiek.

"Ina, Richard Aron hier."

"Ah, Richard, dit is 'n verrassing. Hoe gaan dit met jou?"

"Met my gaan dit mos altyd goed. En met jou?"

"Ook baie goed, dankie. Wat dink jy van die opname?"

"Dit is presies hoekom ek skakel. Jy het nie vreeslik baie inligting gegee nie. Hoe oud is die student en hoe lank bespeel hy of sy al die tjello? Dit is wel 'n uitstekende uitvoering, maar die antwoorde op my vrae is die verskil tussen uitstekend en begaafd."

"Hy is dertien jaar oud en het nog nie eers 'n jaar se onderrig op die tjello agter sy rug nie. Hy het nou sy eerste graad se eksamen afgelê. Ek was die moderator, en het dadelik besef hier is 'n kind met fenomenale talent. Ek het aangedring dat hy ook die tweede graad se eksamen aflê en hy het, dit was sy prakties waarna jy geluister het."

"Dit is voorwaar dan so dat hierdie seun 'n baie, baie besonderse talent het. Ek kan nie glo dat hy skaars met sy onderrig begin het nie."

"Ek het gehoop dit sal jou reaksie wees. Ek weet vir seker dat sy ouers hom nie sal finansieel ondersteun om in hierdie rigting te gaan studeer nie. Die voel vir my net soos 'n onreg wat hom aangedoen sal word as hy nie hierdie talent kan ten volle ontgin nie."

"Jy is heeltemal reg. As ek reg lees tussen die lyne het hierdie jongman dus 'n volle beurs met akkommodasie hier by ons nodig om dit te kan doen as hy matrikuleer."

"Jy lees reg..."

"Dan het ek werk om te doen. Ek sal beslis hierdie jongman as student wil hê. Daar is wel nog 'n paar jaar, maar ek maak dadelik werk daarvan. Ek sal met jou praat sodra alles gereël is."

"Jy is 'n staatmaker. Ek gaan vanaand sommer beter slaap met die wete dat hierdie besonderse talent nie verlore sal gaan nie."

"Dit is 'n plesier. Kyk mooi na jouself, Ina."

Na 'n heerlike somervakansie, kom Tyron terug by die skool. *Ek kan nie glo ek is al in graad nege nie. Saam met hierdie jaar, nog net vier jaar. Môre het ek my eerste tjelloles vir die jaar, ek sien uit. Stadig maar seker kom die tyd nader dat ek my drome gaan volg. Pappa en Mamma sal beslis nie opgewonde wees as hulle weet nie. In my graad elf jaar moet ek net aansoek doen vir 'n beurs by een of ander Musiek Skool. Daar is niks anders wat ek wil doen nie, niks nie.*

Juffrou Turner het haar eie verrassing vir haar geniale tjello student.

"Ah, Tyron, dit lyk of jy jou vakansie baie geniet het. Kyk net hoe mooi bruin is jy. Waar was julle?"

"Ek het beslis, Juffrou. Ons was in Kalifornië by Redando Beach. Elke dag op die strand."

"Wonderlik. Wel ek het nog meer heuglike nuus vir jou..."

"Wat kan dit wees, ons het dan eers gister begin."

"Jy het dit eintlik vir jouself gedoen ... jy begin vandag met jou graad drie in tjello."

"Wat! Regtig, Juffrou?"

"Ja, regtig. Die departement het die graad twee eksamen wat mevrou Dimicelli en ek jou laat doen het, aanvaar. Hulle is tevrede dat jou vaardighede so fantasties is om aan te gaan met graad drie."

"Sjoe, hoe kan ek Juffrou en mevrou Dimicelli hiervoor bedank. Dit is groot."

"Net deur so hard te bly werk en jou talent te bly ontgin. Mevrou Dimicelli is 'n regte vreemde siel en prima Donna, maar as sy talent hoor, maak dit haar heel gaande. Sy is baie beïndruk met jou. Jy het vir jouself 'n kampvegter vir die res van jou lewe gemaak."

"Ja, sy is nogal vreemd met daardie groot bril wat soos Elton John s'n lyk. Dan nog haar miniatuur Pomeranian wat so in haar handsak aan die deurknop hang terwyl mens prakties doen."

"Ja, sy gaan nêrens sonder Vlooi nie. Kom laat ons begin, ek hoop jy het darem die vakansie ook geoefen."

"Ja, toe ons teruggekom het, het ek. Ek het my tjello so gemis, dit is byna soos 'n vriend wat ek moes agterlaat."

"Dit is presies hoekom jy eendag 'n groot virtuoos gaan wees."

"Sjoe, sjoe, sjoe, Juffrou, nou stel u darem 'n groot uitdaging en 'n baie hoë standaard vir my."

"Jy het reeds daardie standaard, want dit is in jou bloed en is jou passie."

Tyron is ontsaglik opgewonde oor die kompliment wat Juffrou Turner hom gegee het, maar hy waag nie om dit met sy ouers te deel nie. Hulle sal nie haar entoesiasme deel nie.

Beslis is hulle planne vir my nie om 'n loopbaan as tjellis te volg nie. Nee, sekerlik iets soos 'n ouditeur of rekenmeester of prokureur soos my pa. Dit gaan nie gebeur nie, net as ek in die hof die tjello kan bespeel ... dit is vrek snaaks.

Hy waag dit tog om sy goeie nuus te deel dat hy 'n graad geklim het sonder om 'n jaar daarop te spandeer.

"My dag was besonders goed. Juffrou Turner het my meegedeel dat ek nie graad twee tjello hoef te doen nie, omdat ek die graad twee eksamen wat hulle my laat doen het met onderskeiding geslaag het. So ek het nou met graad drie tjello begin."

"Werklik, Seun? Jy weet seker dat jy dit nie as 'n loopbaan kan volg nie. Dit is eenvoudig nie 'n werk nie en nie lewens-vatbaar nie," reageer Tony net soos Tyron verwag het. Die beste antwoord is om te glimlag.

"Ja, jou pa is heeltemal reg. Dit is nie eers te debatteer nie. Wie van julle twee manne gaan in Pappa se voetspore volg en prokureur word?" vra Arlene.

Weereens swyg Tyron net, en beroep homself daarop dat Glenn, die babbelkous, sal antwoord. Sy hoop beskaam ook glad nie.

"Ek sal, ek wil die slegte mense in die tronk laat beland. Dit is mos wat Pappa doen?"

"Dit is wat ek doen, my mannetjie. Jy sal 'n baie slim prokureur uitmaak. En jy Tyron, wat wil jy word?"

"Pappa, ek werk nog aan my keuse. Wanneer ons in graad tien is doen hulle 'n aanlegtoets by die skool om ons te help om 'n beroepsrigting te kies." Hy het besef dat hy nou 'n baie neutrale antwoord sal moet gee en gelukkig werk dit.

"Dit is gaaf. Dinge het darem baie verander van toe ons op skool was, my vrou."

"Dit het, nou is daar al beroepsvoorligting by die skole. In ons tyd moes jy maar self kies en as jou ouers nie geld gehad het nie, moes jy gaan werk het."

"Of natuurlik 'n beurs gekry het as jou punte goed genoeg was. Dit is hoe ek gaan studeer het."

"Dit klink dan so half primitief, Mamma," meen Tyron.

"Ja, seker maar, maar dit is hoekom vooruitgang ook so vinnig kan gebeur, daar is so baie geleentheid vir verbetering in baie velde. Kommunikasie was net per telefoon of brief. Daar was nog nie faksmasjiene nie, ook nie rekenaars nie. Alles raak vinniger en beter, as jy net na die voertuie kyk, sal jy die groot verskil sien tussen die voertuie van vandag en van selfs net toe jy gebore is. Daardie tyd was selfs televisie net wit en swart," borduur Arlene voort.

"Ek kan dit my nie indink nie, Mamma."

"Nou is daar al sprake daarvan dat ons een van die dae van ons rekenaars af 'n brief sal kan stuur na iemand ander se rekenaar toe. Hulle sal dit binne minute hê om te lees. Hulle gaan dit heel gepas vonkpos noem. Verder praat hulle van sellulêre fone. Dit gaan 'n foon wees wat jy oral met jou kan saamdra en nie gekoppel sal wees aan 'n lyn nie, maar aan seine. Mense sal mekaar kan skakel waar hulle ook al is. Ek kan my ook nie indink hoe dit gaan wees nie," gesels Tony.

"Dit sal darem vreeslik *cool* wees Pappa. Dit wil sê ek sal julle enige tyd van die dag kan bel en met julle gesels," reageer Glenn.

"Ja, dit sal, maar dit sal ook veroorsaak dat niemand ooit privaatheid of ruskans sal hê nie, veral nie in my werk nie," maan Tony.

"Dan moet Pappa dit net nie antwoord nie," meen Glenn snipperig.

"Dit is seker maar waarop dit sal neerkom, my seun."

Hoofstuk 7

Beth het pas sewentien geword en is besig met haar laaste skooljaar. Sy is vinnig besig om 'n jong tjello virtuoos te word. Na al die jare wat sy les neem, het haar ouers nog nie uitgevind nie. Dit is net omdat meneer Krige die ernstige nagevolge verstaan van as hulle uitvind. 'n Paar dosyn maal deur die jare wou hy al vir Beth inskryf vir optredes of kompetisies, maar het geweet dat dit die einde van haar harde werk sou beteken as haar ouers haar gesiggie in die media sien.

Dit is tyd om my belofte aan myself te hou en met my ouers te gaan praat. Of sal ek eerder sê, probeer praat. Ek is immers nou baie meer volwasse, en aan die einde van hierdie jaar moet ek gaan werk of gaan studeer. Ek weet hulle sal my nie laat studeer in musiek nie, dus sal ek vir meneer Krige vra of hy van instansies weet wat beurse vir studente gee om musiek te studeer. Ek beter my emosioneel voorberei dat my moeder weer gaan voorgee dat sy 'n ineenstorting kry as ek met hulle probeer praat oor wie ek werklik is. Ek sal egter hierdie keer nie dat dit my keer nie. Hulle moet net nie weet wat my planne is nie.

Sy dink weer aan Megan se vraag van vroeër: "Jy besef seker dat as jy polisie toe gaan en hulle het jou werklik gekoop by iemand, hulle tronk toe kan gaan?"

Ja, ek besef dit, maar moet dit my keer om uit te vind of ek werklik 'n broer het, en wie my ouers is? Is dit dalk hoekom hulle nie daaroor wil praat nie? As ek doodgewoon aangenome was, sou hulle my dalk vertel het? Hoekom vertel hulle my nie net die waarheid nie? As daar dan gevaar is dat hulle in die moeilikheid kan kom, sal ek mos weet en kan ek dit anders hanteer. Kom ek kyk maar.

Dit is Saterdagoggend en die Millner-gesin geniet saam ontbyt. Wanneer hulle klaar is en net sit en gesels, neem Beth haar kans waar.

"Pappa en Mamma daar is iets waaroor ek graag met julle wil gesels," begin sy die gesprek rustig.

"Jy weet mos jy kan oor enigiets met ons gesels, Meisiekind," reageer Tony. Wat volg, was hy egter glad nie te wagte nie.

"Ek wil graag weet wie my ouers is en of ek werklik 'n tweelingbroer het?" laat sy die bom bars wat hulle dink lankal vergete is.

Waar sy oorkant die tafel van hulle albei sit, hou sy hulle dop. Duane se gesig verloor dadelik al die bloed daarin en Vivian s'n raak bloedrooi. Sy weet dat 'n helse uitbarsting nou gaan volg en dit gaan van Vivian kom. Duane sien ook sy vrou se gesig en probeer haar voorspring en skadebeheer doen.

"Meisiekind, waarvan praat jy? Jy is ons eie..."

Vivian laat haar egter nie keer nie en skree Duane se stem dood: "Glo jy ons nie? Dink jy ons is leuenaars. Ons het mos vir jou jare gelede al gesê jy is ons kind! Is ons nie goed genoeg nie? Wat wil jy nog van ons hê? Jou ondankbare klein slang..." spoeg Vivian dit uit.

Beth was hierdie aanval te wagte. Sy het al deur die jare geleer dat haar ma se beste manier om ongemaklike situasies uit te sorteer is om aan te val. Veral as sy skuldig is.

"Ek wil niks van julle hê, behalwe die waarheid nie, Mamma. Ek sal nie minder lief wees vir julle as ek weet nie. Ek moet net weet, asseblief?" bly sy haar kalm self. Sy is nou volwasse en het geleer, vuur kan mens nie met vuur veg nie.

"Jy het ons lief! Dit is snert, anders sal jy ons nie met sulke absurde vrae ontstel het nie. Dan sit en lieg jy nog met 'n vroom gesig ook vir ons."

"Vivian, bedaar. Dit is werklik nie nodig dat jy so aangaan nie. Beth het 'n vraag gevra. Hoekom kan jy nie net kalm haar antwoord nie?"

Duane het reeds besef, nou moet hy walgooi. Hoe hewiger Vivian reageer, hoe sekerder sal Beth weet dat sy reg is. Beth is 'n baie intelligente meisiekind en baie volwasse. Duane se woorde vererger dit net in plaas daarvan om haar te kalmeer. Nou is sy nog jaloers ook.

"Bly jy net stil, Duane! Haar lewe lank kies jy al haar kant ... wat is haar probleem met ons as haar ouers? Ons wat haar alles gee wat sy nodig het, wat haar liefhet en beskerm. Sy wil ons as monsters uitmaak. Maak asof ons nie haar ouers is nie. Hoekom wil sy dit doen? Ons eie kind wil ons nie as ouers aanvaar nie. Jy is van die duiwel besete, dit is al verklaring wat ek kan gee. Gaan na jou kamer, ek wil jou nie voor my oë sien nie. Jou ondankbare klein teef."

"Vivian ... hou op, hou net op om so aan te gaan," probeer Duane haar kalmeer. Beth staan egter net rustig op, asof niks wat Vivian pas kwytgeraak het haar geraak het nie, en gaan na haar kamer.

Ek sal haar nie wys hoe haar woorde my seermaak nie. Sy is beslis nie my eie moeder nie. Geen moeder sal sulke dinge vir haar dogter sê nie. Pappa se gesig het spierwit geraak toe ek daardie vraag gevra het. Ten minste het hy nie aan die skree geraak nie. Ek moet so gou ek kans kry na die polisie gaan om navraag te gaan doen. Ek sal daardie twee name vir hulle gee, dit behoort te help.

Intussen sal ek uit my ma se pad bly. Of moet ek liewer sê die vrou wat my grootgemaak het?

"Wat dink jy doen jy, Vivian?"

"Wat doen ek, ek probeer nie 'n beroerte kry van woede nie. Dink jy jou mooi woordjies sal haar verander?"

"Sy het nie nodig om te verander nie. Sy is 'n baie intelligente kind. Dit is presies hoekom jou optrede haar net nog meer sal laat glo sy is op die regte spoor. Dit is baie duidelik dat sy nie jou skynaanval van laas geglo het nie, al was sy net twaalf toe. Ook is dit duidelik dat sy alles onthou wat jy daardie dag kwytgeraak het. Jy het hierdie gemors begin, nie sy nie."

"Nou is dit my skuld!"

"Ja dit is! As jy jou woede kon beteuel, en soos 'n volwasse mens kon rustig bly en net dit botweg ontken, sou sy nie gewonder het hoekom jy so aangaan nie. Reg aan die begin moes jy jou mond gehou het. Nie dit opgebring het nie, want sy het toe net gevra om tjello-klasse te neem. Dit was ongevraagd van jou. Al wat jy toe al hoef te geantwoord het was, nee, ons wil nie hê jy moet tjello-klasse neem nie. Maar nee, jy gaan pak alles oor haar verlede uit...! Hoe kan dit nie jou skuld wees nie?"

"Wat nou?"

"Nou weereens, niks. Wat dink jy moet ons doen, haar toesluit in die huis? Ons het haar reeds haar lewe lank so ver ons kon weggehou van mense waar ons nie by is om die situasie te beheer nie. Ons het geweier dat sy by maats gaan slaap. Geweier dat sy tjello-lesse neem. Geweier dat sy sport doen. Geweier dat sy op enige kampe gaan. Dit alles omdat ons bang was sy sal dalk met iemand te doen kry wat haar kan uitken vir wie sy is. Een van die dae is sy klaar met skool. Wat dink jy gaan dan gebeur?"

"Ons kan haar nie meer keer nie. Nou moet ons net hoop sy los dit weer daar, waarvan ek hierdie keer nie so seker is nie. Alles te danke aan jou gegil op haar. Jy kan maar weet sy sal nou nooit weer met ons daaroor praat nie. Dit beteken egter nie dat sy dit sal los nie. Miskien moes ons al die heel eerste maal met haar eerlik gewees het en vir haar verduidelik het hoekom sy nie haar eie familie kan en mag gaan soek nie. Haar vertel het dat dit ons in baie groot moeilikheid kan bring. Nou is dit te laat."

Vivian besef nou dat sy hulle in groot moeilikheid gebring het met haar optrede. Dit mag dalk vyftien jaar terug wees wat hulle haar gekoop het, maar dit is steeds 'n kriminele oortreding. Ongeag hulle suiwere motiewe, dat hulle net 'n kind van hul eie wou hê en haar uit daardie dwelmhande wou red. Daar word nie ligtelik na kinderhandel gekyk deur die gereg nie.

"Ek is jammer, my man. Ek besef nou eers in watter gemors ek ons gedompel het."

"Jy is heeltemal reg, dit is nou 'n gemors. Daar is niks wat ons kan doen om wat ook al nou gaan gebeur te keer nie. Sy moet skool toe gaan en binne maande gaan werk. Ons kan haar nou probeer weghou van die owerhede, maar nie vir altyd nie."

"Ons kan haar dreig dat ons haar sal uit die huis uit sit as sy aanhou hiermee."

"Nee, dit sal ek nie toelaat nie. Wil jy nou werklik haar verjaag. Die kind wat ons so lank voor gewag het en so liefhet. Wil jy haar op straat laat, werklik? Dan is daar beslis iets met jou verkeerd, my vrou."

"Ek wil nie, maar in die tronk gaan sit na al die jare, wil ek ook nie. Wil jy? Dit omdat ons goeie bedoelings gehad het. Wat gaan ons nou doen?"

"Daar is nie veel wat ons kan doen nie. Al wat ek kan dink om te doen is om ons paspoorte gereed te kry. As sy dan na die owerhede sou gaan en hulle kontak ons, moet ons maar net maak dat ons wegkom na 'n land waar ons nie uitgelewer kan word nie."

"Watter land sal dit wees?"

"Sover ek weet is dit net Switserland. Ek sal werk maak daarvan om vir ons visas te kry. Laat ons net veilig speel."

"Wat dink jy sal dan van Beth word, as dit sou gebeur?"

"Die owerhede sal haar help. Daaroor is ek nie bekommerd nie. Ek dink meer aan hoe ek haar sal mis. Hoe teleurgesteld sy sal wees as sy die waarheid uitvind. Of sy ons ooit weer sal wil sien."

"Dit help nie jy dink aan die dinge nie, nou moet ons aan onsself dink. Aan ons eie veiligheid."

Die res van die naweek sien hulle Beth net as sy kom eet nadat een van hulle haar geroep het. Sy praat nie oor die voorval nie. Duane ken haar goed genoeg om te weet dat sy wel ontstel is deur Vivian se gegil. Hy maak 'n punt daarvan om soms net aan haar deur te klop en met haar te gesels.

Sy is elke keer wat hy by haar kamer ingaan besig met skoolwerk, of om te teken, of om te lees. Niks wat hom agterdogtig kan maak nie.

Wat kan sy ook nou doen? Dit is naweek en sy het geen kontak met ander mense nie. Ons het daarvoor gesorg. Ek besef nou eers watter onreg ons haar aangedoen het en dit om ons eie dade te probeer wegsteek. Binnekort sal ons haar nie meer kan weghou van die wêreld daar buite nie.

Altyd Pappa, net Pappa. Hy is bekommerd oor my ... of oor wat ek gaan doen. Sy optrede is nie normaal nie, al laat hy dit so normaal moontlik lyk. Daar is niks wat ek kan doen terwyl dit naweek is nie. Dat hulle my nou nog meer gaan oppas en weg hou van mense, kan ek ook verseker wees. My ma sal nog dink ek glo haar nonsens, maar my pa is nie so onkundig nie. Hy ken my ook beter as sy.

Sy is jaloers op my ... dit is nog iets wat net daarop kan dui dat ek nie haar eie dogter is nie. Geen vrou sal tog op haar eie dogter en haar pa se verhouding jaloers wees nie. Sy besef dit nie, maar nou dat ek terugdink, is daar baie rooi liggies wat ek gemis het deur die jare.

Ek sal 'n plan van aksie moet uitwerk. Iewers deur die week, gedurende skooltyd sal ek 'n plan moet maak om by die polisie uit te kom, of is dit ooit die polisie? Miskien eerder die welsyn. Dit sal dalk makliker wees. Ja, ek dink ek het 'n plan. Dit is nie meer lank voor ek klaar maak met matriek nie. Daarna sal hulle my nie kan keer om te gaan werk nie. My tydsberekening moet net perfek wees. Ek raak in Oktober agtien. Ek moet bietjie met Megan praat en hoor wat haar planne is.

Die Maandag kan Megan dadelik sien dat daar iets skort met Beth, sy is baie stiller as gewoonlik.

"Hoe was jou naweek?" vra sy.

"Nie goed nie, ek en Mamma het weer 'n hewige rusie gehad. Dit was oor wat ek 'n paar jaar gelede gehoor het en hulle Saterdagoggend reguit na gevra het."

"Bedoel jy dat jy vermoed dat jy nie hulle eie kind is nie en 'n broer het?"

"Presies dit."

"Genade, Beth, maar jy is dapper! Ek weet nie of ek die moed sou gehad het om as ek jy was, veral jou ma aan te vat nie ... en?

"Wat dink jy ... chaos. Ek het rustig na ontbyt gevra ek wil weet. Sy het dadelik ontplof. My allerhande dinge genoem, soos ondankbaar, 'n klein slang... Sy was buite haarself, en wou weet wat ek nog meer van hulle wil hê."

"Hoe het jou pa reageer?"

"Hy het spierwit in sy gesig geraak toe ek die vraag gevra het, maar was sy rustige self. Hy het haar probeer keer, maar sy het net aangegaan soos 'n viswyf. Dit was net olie op die vuur. Wat baie interessant was, is dat sy hom beskuldig het dat hy my lewe lank al my kant kies… Ek het rustig gebly en geantwoord dat ek net die waarheid wil weet. Dit het gelyk asof sy enige oomblik 'n beroerte of 'n hartaanval gaan kry. Toe het sy my na my kamer gejaag."

"Ai Vriendin, dink jy regtig dat jy 'n aangenome kind is?"

"Nou nog meer as altyd. Haar reaksie vertel vir my dat daar iets is wat hulle wegsteek en ook my pa se wit gesig. Dit het gelyk asof hy 'n spook gesien het."

"Wat het die res van die naweek gebeur?"

"Niks, ek het in my kamer gebly en net gaan eet as my pa my geroep het. Hy het egter kort-kort by my kamer ingeloer en 'n paar woorde gesels. Dit is ook abnormaal. Dit was asof hy so hard probeer het om te maak asof niks verkeerd is nie of hy wou sien wat ek doen."

"Jy was nog altyd nader aan hom as aan jou ma. Miskien misgis jy jou en was sy maar net ontsteld omdat jy dink hulle is nie jou eie ouers nie."

"Nee, Megan, ek het hierdie naweek baie tyd gehad om te dink. Buiten dit wat sy my toegesnou het toe ek net twaalf was, is daar ander dinge wat ek hierdie naweek besef het. Dit is asof hulle my van ander mense af probeer weghou. Veral as hulle nie saam met my kan wees nie. Ek mag nie sport, musiek, of enige ander aktiwiteite doen nie. Ek mag nie op kampe gaan nie. Ek mag nie by jou of enige ander vriendinne oorslaap nie. Al wat ek toegelaat word om te doen, is skoolgaan. Ek mag nie eers saam met jou stad toe gaan of selfs net in die sentrums gaan rondloop of 'n rolprent gaan sien nie."

"Dit is waar, daaroor het ek self al telkens gewonder. Ek het met my moeder daaroor gesels. Haar mening was dat hulle net baie beskermend is oor jou omdat jy hulle enigste kind is."

"Ek sal seker ook so bly dink het as sy nie daardie dag gepraat het van ouers wat dwelmverslaafdes is en 'n broer nie. Hoekom het sy dit dan gesê as dit nie so is nie. Waar het sy dit vandaan gekry as dit nie so is nie?"

"Ja, as ek nou na jou luister, kan ek verstaan hoekom jy twyfel. Ek sou ook. Ook die feit dat sy jaloers is op jou pa en jou verhouding, dit klink nie reg nie."

"Daar slaan jy nou die spyker op sy kop, vriendin. Geen vrou sal jaloers wees op haar eie dogter nie."

"Wat nou?"

"Nou moet ek my planne regkry. Ons het nog net 'n paar maande van skool oor. Ek word in Oktober agtien. Gaan jy werk na skool of verder leer?"

"Ek dink eers werk. Ek weet nog nie regtig in watter rigting ek wil leer nie. Miskien iets met syfers. Mamma sal vir my by die banke aansoek doen."

"Ek het gewonder, sal jy by jou ouers bly of dink jy daaraan om jou eie plekkie te kry?"

"Ons het mos 'n twee-slaapkamer woonstel langs ons huis. Daar is nou 'n meisie in, maar sy gaan trou die einde van die jaar. Dan gaan ek daar intrek. My ouers sal meer gerus wees, ek sal my privaatheid hê en ek sal veilig wees."

"Dit klink beslis perfek. Jy soek nie dalk 'n woonstelmaat nie?"

"As dit jy is, ja, enige tyd. Wat gaan jy doen?"

"Beslis werk. Bedags miskien in 'n kantoor 'n tikster wees of so iets en saans of dan net naweke probeer om by restaurante of hotelle tjello te speel vir 'n ekstra inkomste."

"Hoe gaan jy dit gedoen kry met jou ouers. Hulle sal jou nie toelaat om te trek nie en ook nie om tjello te speel nie. Hulle weet dan nie eers jy speel nie."

"Ons het mos al daaroor gepraat. As my vermoede reg is, gaan dinge vir hulle drasties verander. Ek gaan binnekort begin navraag doen oor my vermoede. Dit neem gewoonlik 'n rukkie vir die goed om aan die gang te kom. So teen die tyd wat die antwoorde begin kom – as daar antwoorde is, behoort ons reeds al besig te wees of byna besig te wees met eksamen. Tydsberekening is alles."

"Ek kan hoor jy het dit baie goed deurdink en is ernstig hieroor. Waar gaan jy begin, vriendin?"

"Seker maar by die welsyn. Hulle het mos gewoonlik rekords van sulke goed."

"Dit is die regte plek, natuurlik. Ek weet nie wat om hiervan te dink nie, maar weet net ek is hier vir jou. Ek is ook seker dat meneer Krige jou sal help om uitvoerings by teaters te reël as hy hoor jy is vry om dit te doen. Jy is briljant met daardie tjello. Ek het gedink jy sal dit wil gaan doen na skool."

"Wag net, wag net. Eerste dinge eerste. Ek wil eers uitvind of my vermoede reg is. Daarna sal ek my loopbaan in musiek aanvat. Daarvoor het ek in elk geval finansies nodig, so terwyl ek werk, kan ek spaar."

"'n Meisiekind met 'n plan."

"Beslis. As ek moet uitvind dat my ouers nie my biologiese ouers is nie, sal dit vir my 'n skok wees, maar ook vryheid."

Intussen sit Beth alles in. Sy oefen elke minuut wat sy moontlik kry tjello by die skool, en by die huis leer sy. Verder gesels sy met haar pa, en het nie veel vir haar ma te sê nie. Sy het reeds vir meneer Krige gevra of hy dink sy sal by restaurante en hotelle geleentheid kry om te speel vir 'n ekstra inkomste. Hy is positief en het aangebied om haar daarmee te help, sodra sy klaar is met skool.

Drie maande voor haar eindeksamen, gaan praat sy met haar Geestesweerbaarheid onderwyseres, Marjorie Wallis.

"Beth, jy het gevra om my te sien. Is daar 'n probleem waarmee ek kan help?"

Sy weet van Beth, want Beth is die enigste leerder in hierdie skool wat aan geen aktiwiteite mag deelneem nie. Daarom het sy haar maar nog altyd dopgehou. Al die onderwysers weet dat dit nie Beth se keuse is nie, maar die van haar ouers. Sy is ook baie goed bevriend met John Krige, en daarom ken sy ook Beth se geheim.

"Ja, Juffrou. Juffrou, ek wil net vra dat Juffrou asseblief sal luister en dit wat ek u vertel nie dadelik sal afmaak as nonsens nie."

"Luister sal ek beslis, en hoekom sal ek dit net so afmaak as nonsens, kind?"

"Juffrou ek vermoed dat ek 'n aangenome kind is ... en verder dat ek 'n broer het."

"Hoekom vermoed jy so, kind? Dit is mos 'n ernstige saak."

"Ja, ek weet."

Sy vertel aan Marjorie van die twee voorvalle. Die een toe sy nog net twaalf was en wat haar moeder haar toegesnou het. Ook van die een onlangs waartydens sy haar ouers konfronteer het om uit te vind of sy 'n aangenome kind is.

"Sjoe, Beth. Is jy seker jy het gehoor dat sy sê hulle het jou gekoop? Dit is mos groot moeilikheid, as dit waar is. Jy besef dat jou ouers kan tronk toe gaan as dit waar is?"

"Ek besef dit al vir jare. Ek het daardie dag die name wat sy genoem het en byna elke woord net so gaan neerskryf in my dagboek. Toe al het ek besef dat ek as twaalfjarige kind niks sal bereik as ek navraag begin doen nie. Mense sal dink ek wil net wegkom van my ouers af."

"As jy gekoop is, sal daar ook nie rekords wees by die welsynsorganisasies van 'n aanneming nie, kind."

"Ek beroep my daarop dat sy genoem het my ouers was dwelmverslaafdes. Dus kon die welsyn dalk van hulle bewus wees, want sulke mense hanteer gewoonlik nie hulle kinders goed nie."

"Jy is 'n baie intelligente meisiekind. Kom ons hoop dat as jy nie jou ouers se kind is nie, dit wel die geval sal wees dat die welsyn van jou biologiese ouers weet. Ek sal met 'n welsynswerkster gesels. Sy sal dalk self met jou wil praat. Ek sal jou laat weet. Jy weet dat daar nie omdraai is as jy hiermee begin nie."

"Ek weet ... maar ek moet weet wat die waarheid is."

Hoofstuk 8

Victoria Cox maak haar notaboek toe, en kyk stip na Marjorie Wallis.

"Ek het werk om te doen. Hierdie meisie is heeltemal reg om te dink dat sy dalk aangeneem is. Niemand gryp sommer uit die lug sulke feite nie, al is hulle ook hoe kwaad."

"Wil jy met haar gesels?"

"Nee, nie nou al nie. Ek sal met haar praat as ek vasgestel het of daar ouers op ons databasis is in daardie tydperk wat moontlik haar ouers kan wees. Die feit dat dit klink of sy een van 'n tweeling is, kan dit dalk makliker maak. Ek laat jou weet sodra ek met haar gesels het."

Op pad na haar kantoor, rol sy die name Gene en Vicky King in haar geheue rond. Sy vind egter niks daar nie.

Ek sal seker ook nie, want dit is om en by vyftien jaar gelede en ek het toe pas klaar studeer. Daar is dalk een van die ander dames wat iets sal onthou. Mevrou Ward is die langste hier, ek sal haar heel eerste vra, voor ek nog na die databasis gaan.

Sy sit haar sak in haar kantoor neer en is dadelik op pad na mevrou Ward se kantoor toe.

"Victoria, hoe lyk jy dan soos 'n vrou op 'n missie vandag?" lag mevrou Ward as sy by haar kantoor inbars.

"Mevrou het my reg gelees. Ek kom pas van die hoërskool af. Daar is 'n dogter wat vermoed dat sy aangenome, of nog erger, gekoop is."

"Hemele behoed my, hoe weet sy dit? Dit is mos moeilikheid waarvan jy nou praat."

"Dit is. Haar moeder het tydens 'n stryery toe sy net twaalf was aan haar geskree dat hulle haar nie moes gekoop het van die dwelmslawe Gene en Vicky King nie... Dit was so om en by vyftien jaar gelede. Ek onthou niks, want ek het toe pas klaar studeer." Voor sy die vraag kan vra, sien sy op die ouer dame se gesig daar is iets.

"Gene en Vicky King ... dwelmverslaafdes... Ja, ja, ek onthou dit goed. Ons het ons hande met daardie twee vol gehad. Elke tweede week het iemand hulle kindertjies, verlate in een of ander park in die middestad gevind. As ons hulle dan wou gaan haal, was die twee skielik daar en het elke keer hand en mond belowe, dit sal nie weer gebeur nie."

"Sowaar, u het gesê kindertjies ... so hoeveel kinders was daar?"

"Twee, sovêr ek kan onthou, 'n tweelingboetie en -sussie. Maar kom ons gaan soek dit op die databasis. Ek onthou so vaagweg dat hulle en die kinders vir 'n tyd lank verdwyn het. Hulle het toe teruggekeer, maar die kinders was weg. Daar was beslis 'n ondersoek."

"Wat vertel u my nou. So, ek neem aan die kinders is nooit gevind nie."

"Nie sovêr ek kan onthou nie." Sy maak die databasis oop en tik die twee name Gene en Vicky King in. Minute later spring die inligting op.

"Sowaar, hier is hulle."

Victoria wat agter haar stoel staan, begin lees. Dit het alles net so gebeur soos mevrou Ward dit onthou het. Die polisie kon geen spoor van die kinders vind nie en die saak is gesluit.

"En nou, wat maak ons nou?" vra sy moedeloos.

"Nou gesels ons met die polisie, en hulle sal met die FBI gesels. Dalk kan hulle kyk na kinders wat in daardie tyd gevind was waarvan ons dalk niks weet nie. Ons moet probeer."

"Ek stem saam, ons moet probeer. Die beskrywing van die kinders sal ook help. Ek het nie die meisie ontmoet nie, maar hier noem hulle dat die kinders albei baie donker hare en uitsonderlike groen oë gehad het. Dit lyk of die kinders met die laaste aantekening hier om en by twee jaar oud was. Die ouers was albei musikante."

"Dit sal beslis help. Ja, hulle het so van kroeg tot kroeg gespeel. Natuurlik om geld in die hande te kry om hulle gewoontes te onderhou. Weet ons waar die transaksie sou plaasgevind het as die kind dink sy is verkoop?"

"Ja, by die hawe. Sy het aan die juffrou vertel dat sy haar ma se woorde gaan neerskryf het om haar te help om alles presies te onthou. Hulle het blykbaar agterna gemaak asof haar moeder een of ander toeval gehad het van lae suiker wat haar deurmekaar laat praat het. Die meisie het die storie egter nie geglo nie, maar net geswyg daaroor. Dit is nou tot onlangs toe sy hulle reguit gevra het en haar ma weer die een was wat haar vreeslik aangeval het."

"Die arme kind, dan wroeg sy al lank hiermee. Die vrou se gedrag klink ook vir my verdag. Hoekom het sy dan nie net dit kalm ontken as dit nie so was nie," reageer mevrou Ward.

"Ek stem saam dat haar optrede beslis baie verdag klink. Die onderwyseres het genoem dat hulle hierdie dogter nie toelaat om aan enige sport, of ander aktiwiteite deel te neem nie. Sy mag ook nie by haar vriendinne gaan oorslaap nie."

"Hoe klink dit dan vir my of haar ouers bang is dat sy in aanraking moet kom met ander mense?"

"Ja, dit is hoe dit vir my ook klink. Wag, laat ek hoor of kaptein Woods ons dalk kan help. Miskien onthou hy van kinders wat by die hawe gekry was."

"Ja, hy was beslis toe al in die mag, miskien sal hy kan onthou en op hulle databasis kyk."

"Victoria, middag. Waaraan het ek die eer te danke dat so 'n mooi vrou my skakel?" groet kaptein Kevin Woods.

"Kevin, middag. Jy is sommer nou laf, jy weet mos as ek jou skakel is daar weer 'n slang in die gras iewers."

"Daardie is mos my kos. Praat, laat ek hoor."

Sy vertel hom van haar gesprek met Marjorie Wallis en ook wat mevrou Ward en sy op hulle databasis kon wys raak.

"Kan jy dalk hulle onthou? Of nog meer belangrik, kan jy dalk onthou van 'n seuntjie wat by die hawe gekry was sonder sy ouers?"

"Hoe oud is die dogter nou en hoe lyk sy?"

"Sy is sewentien. Ek het haar nog nie self gesien nie, dit kan ons maklik uitvind. Ons databasis noem wel dat die kinders albei donker hare en uitsonderlike groen oë gehad het. Ek sal vir Marjorie vra om vir my 'n foto van haar te stuur."

"Doen jy dit, en ek sal intussen bietjie hier met my kollega gedagtes ruil oor 'n moontlike scenario. Hier klink beslis of hier 'n slang in die gras is, dalk meer as een."

Hy skakel dadelik vir sersant Neumann.

"Kaptein, middag."

"Middag, kom gou na my kantoor, asseblief."

"Dadelik, ek is op pad." Minute later is hy daar.

"Sersant, sit asseblief en luister hier." Hy vertel hom wat Victoria hom vertel het en vra dan: "Wat maak jy hiervan?"

"Soos kom ons veronderstel nou maar dat die aanname wat die welsynswerksters gemaak het korrek is en die Gene en Vicky King was die ouers aan wie die kinders behoort het. Dan sal ek so daarna kyk: Volgens wat die vrou aan die kind gesê het, het die transaksie by die hawe gebeur. Dit pas in by die feit dat hulle dwelmverslaafdes was en miskien met daardie geld van plan was om dwelms daar by die bote by die hawe te koop. Dit beteken ook dat as een kind agtergelaat is, hulle dalk in die wiele gery is toe hul besig was. Hoekom anders sou die ouers en die mense wat die kinders wou koop, dan een kind agterlaat. Die biologiese ouers maak nog sin, want hulle mag dalk al hulle geld gekry het vir albei kinders, maar die ander ouers sal tog nie die kind agtergelaat het waarvoor hulle betaal het nie."

"Ek dink jy is heeltemal reg met jou veronderstelling. Dit maak net nie sin dat iemand vir twee kinders sal betaal en dan sonder die een gaan nie. Iets moes gebeur het dat dit alles so skeef geloop het. Ons moet dus soek vir 'n voorval van om en by vyftien jaar gelede waar 'n seuntjie op die hawe gevind is sonder ouers."

"Dit klink vir my rof. Ek sal dadelik begin soek. Weet ons hoe die kinders gelyk het?"

"Ons sal binnekort 'n foto van die dogter hê. Victoria het genoem dat volgens hulle databasis die kinders albei donker hare en uitsonderlike groen oë gehad het."

"Sal die welsyn dan nie betrokke gewees het as so 'n klein kind gevind was nie?"

"Hulle sou, maar jy moet onthou hulle sou nie geweet het wie se kind dit is nie, omdat daar geen volwassenes by die kind gevind was nie. Op hulle lêers sal die kind net aangeteken wees as ongeïdentifiseer en miskien is dit hoekom mevrou Ward en Victoria nie daaraan gedink het nie. Laat ons eers kyk wat ons het, dan kan ons hulle daarop wys en sien of hulle iets van so 'n kind het."

Dickson Neumann spring dadelik aan die werk. Hy gaan direk na die afdeling op die databasis waar inligting gestoor word oor vermiste en ontvoerde kinders.

Dit gaan maar baie stadig omdat hy nie 'n naam of van het om op te werk nie. Hy lees dus die een na die ander saak om vas te stel waar die kinders gekry is as hulle gekry is.

Dit verstom hom weereens hoe baie kinders ontvoer of vermis raak wat net nooit weer gekry word nie.

"Die verdekselse vuilgoed wat kinders so misbruik. Ek wens ons kon meer van hulle vastrek," mompel hy.

Teen die einde van die dag het hy nog geen vordering gemaak nie. Hierdie mag hom 'n hele ruk neem om die kind wat vermoedelik by die hawe agtergebly het vyftien jaar terug, se inligting op te spoor.

"Hoe lyk dit? Het jy al enige inligting gekry?" vra kaptein Woods van die deur af.

"Nee, Kaptein. Met die dat niemand daardie tyd sou weet wie die kind is nie, het ons nie 'n naam of van om op te werk nie. So, dit gaan stadig. Ek gaan maar oor elke saak van kinders wat vermis geraak het om te kyk na waar hulle weggeraak het en of hulle gevind is."

"Dit is al wat ons kan doen. Dit is presies die rede hoekom Victoria hom nie sou optel op hulle databasis nie. Wel, gelukkig is daar nie haas nie, niemand se lewe is in gevaar nie. Probeer maar soveel tyd daaraan spandeer as wat jy kan afstaan. Ek weet jy het nog ander sake ook waarop jy werk."

"Dit is reg, ek sal so maak, Kaptein. Mooi aand vir u."

Sersant Neumann soek nog 'n week deur die lêer op die data basis, maar kry niks.

Sjoe, ek is gedaan, daar moet 'n ander manier wees. Dit is 'n uitsonderlike geval, miskien moet ek vir kaptein Woods vra om met adjudant Bristol te gesels. Hy was byna sy hele lewe lank hier by die stasie. Hy sal dit sekerlik onthou.

Die telefoon op sy tafel lui en hy antwoord dadelik.

"Sersant Neumann."

"Neumann, het jy al iets gekry van daardie seuntjie?"

"Nog niks, Kaptein. Ek het juis daaraan gedink dat ons dalk vir adjudant Bristol moet vra of hy nie so 'n voorval onthou nie. Miskien kan hy ons op die regte spoor bring."

"Briljante idee, ek gaan hom dadelik sien. Hy het 'n geheue soos 'n olifant."

"Dankie, Kaptein, dan wag ek om te hoor wat hy kan onthou, dit sal beslis help. Want nou soek ek vir 'n naald in 'n hooimied."

"Ek verstaan, ek laat jou weet sodra ek met hom gepraat het."

Kevin Woods is ook nou opgewonde. Hy skakel dadelik sy adjudant se interne nommer.

"Adjudant Bristol, middag."

"Adjudant, jammer om te pla, het u dalk vir my 'n paar minute? Ek het iets wat ek graag met u wil kom bespreek?"

"Sekerlik, Kevin. Kom gerus."

Kevin Woods se skoene maak tweet-tweet op die teëlvloer soos hy hom haas na adjudant Bristol se kantoor. Hy klop saggies.

"Binne."

"Adjudant, dankie dat u vir my tyd maak. Ek vermoed u sal ons kan help om vinniger op die spoor van iemand te kom."

"Praat, jongman, dat ek hoor."

"Adjudant, sowat vyftien jaar gelede vermoed ons was daar 'n voorval by die hawe waar 'n seuntjie van om en by twee jaar oud alleen gevind is. Kan Adjudant dalk so iets onthou?"

"Soek julle die seuntjie, of wat?"

"'n Meisie vermoed dat sy gekoop is deur haar ouers en dat sy een van 'n tweeling was. Die seuntjie sal haar broer wees."

"Hoe vermoed sy so iets?"

"Haar ma het haar 'n hele paar jaar gelede toegesnou dat hulle haar nooit by die dwelmslawe Gene en Vicky King moes gekoop het nie en dat hulle byna nog met haar broer ook opgeskeep gesit het. Sy het ook in haar woede genoem dat dit by die hawe plaasgevind het. Die kind het gewag en nou daaroor navraag begin doen."

"Waarlik ... ek weet goed van Gene en Vicky King. Ons het baie moeilikheid met hulle gehad. Ek onthou ook dat hulle 'n tweeling gehad het en die net verdwyn het nadat hulle 'n ruk verdwyn het. Ons kon nooit die kinders opspoor nie. Hulle het voet by stuk gehou dat die kinders in 'n ander staat by familie woon. Dan kan ek onthou dat een van ons FBI kollegas in daardie tyd op 'n seuntjie afgekom het wat daar by die hawe alleen rondgedwaal het. Hulle was juis daar oor 'n besending dwelms wat sou inkom."

"Wat het van die seuntjie geword, Adjudant, kan u onthou?" Die ouer man dink 'n rukkie en kyk dan na kaptein Woods.

"Ja, ek onthou baie goed wat van hom geword het. Twee jaar vantevore is daar 'n babaseuntjie, wat nog nie 'n dag oud was nie by 'n hospitaal in Reno gesteel. Die baba kon hulle nie vind nie. Al wat ons van die baba geweet het daardie tyd, was dat hy 'n dik bos swart of donker hare gehad het. Daar was nog nie goed soos vandag se databasis nie en ook nie DNA-toetse en goed nie.

"Nadat ons in die koerante en op televisie foto's van die seuntjie geplaas het om sy ouers te vind, het niemand na twee weke reageer nie. Een van ons kollegas van Reno het ons gekontak en gevra of ons nie dink dit kan moontlik die baba wees wat twee jaar vroeër weggeraak het nie. Dit was 'n waagstuk, maar ons het almal gevoel, een wat die moeite werd is. Hulle het die seuntjie na die ouers van die baba geneem, die FBI Agent, ek dink, as ek reg onthou, was sy van Barrister, wat hom gevind het, was saam. Die moeder het die seuntjie as hulle baba uitgeken. Daardie tyd was al wat ons nog kon doen om te vra vir bloedtoetse. Die seuntjie het dieselfde bloedgroep as een van die ouers gehad. Dus het nie ons of die welsyn rede gehad om die vrou se woord in twyfel te trek nie. Ah ... maar ek het maar my bedenkinge gehad."

"Bedoel u, u het nie geglo dat dit die vrou se baba is wat weggeraak het nie?"

"Ja, maar ek het so redeneer, dit is sekerlik beter dat die kind 'n moeder het wat vir hom kan lief wees en hom versorg as dat hy in 'n weeshuis beland."

"Ek verstaan beslis. Wat maak ons nou?"

"Nou moet ons met ons kollegas in Reno gesels nadat ons 'n haar- of speeksel-monster van die meisie gekry het. Dan moet ons van daardie seun 'n DNA-monster kry en laat toets. Dit is al hoe ons hierdie keer sal weet dit is die regte persoon wat ons mee besig is. Daarna kan ons verdere stappe neem."

"Sjoe, Adjudant, ek wonder hoekom hulle die seuntjie op die hawe sou agtergelaat het as dit die kinders is van Gene en Vicky King."

"Ek moet jou sê, ek glo beslis dat daardie twee in staat was daartoe om hulle kinders vir dwelmgeld te kon verkoop. Verder het ons ook al deur die jare geleer dat ouers wat kinderloos is baie desperaat kan raak en so 'n geleentheid sal aangryp."

"U is heeltemal reg. Ek hoop voorwaar ons is nou op die regte spoor."

"Alles is nou soveel makliker met al die tegnologie wat ons nou tot ons beskikking het. Daardie jare was alles net met die hand opgeteken, daar was nie DNA-toetse nie en daar kon maklik 'n fout insluip. Miskien is hierdie een van daardie foute."

"Dit sal ons sekerlik eersdaags uitvind. As ek luister na die moeder se reaksie op die dogter se navraag, voel dit dan vir my asof dit miskien hierdie geval kan wees. Hulle kan nie vir haar vertel dat sy onwettig gekoop is nie, want dan is hulle in groot moeilikheid. Ook is dit miskien die rede hoekom hulle haar van ander mense af probeer weghou op sosiale vlak. Hulle vrees dalk dat sy met haar broer kan kennis maak en die som later kan maak."

"Jy is heeltemal reg, Kaptein. Gaan bel daardie welsynswerkster dat sy vir ons 'n DNA-monster kan kry by die dogter. Hare is die maklikste."

"Reg, ek maak dadelik so."

Opgewonde dat hierdie dalk die deurbraak is waarvoor hulle gesoek het, drafstap Kevin Woods na sersant Neumann se kantoor. Dié sien dadelik dat hy baie opgewonde is.

"Kaptein, het jy nuus?"

"Ja." Hy stap om en gaan staan agter Neumann.

"Kyk bietjie op die databasis na 'n baba wat vyftien jaar gelede gesteel is in Reno. Die baba was nog nie 'n dag oud nie en is uit die hospitaal gesteel."

Kai Neumann voel die opgewondenheid in sy maag kook. Hy tik die sleutelwoorde 'gesteelde baba, Reno' saam met die jaartal waarin hulle dink dit gebeur het in. Die inligting begin rol soos 'n slotmasjien en na 'n rukkie kom dit tot stilstand.

"Wat het ons daar?" vra Kevin Woods.

"Hierdie inligting is die van 'n Harris-egpaar wie se baba uit die hospitaal gesteel is vyftien jaar gelede. Dit dui aan dat die baba nog nie 'n dag oud was nie en dan wys dit dat die saak twee jaar later opgelos is toe hul seuntjie op

San Francisco hawe gevind is. Die egpaar woon steeds by dieselfde adres as toe."

"Dit is dit! Dit moet net dit wees… Adjudant het vertel dat hulle daardie tyd nog nie DNA-toetse gehad het nie en dat die moeder die seuntjie as hulle seuntjie uitgeken het. Die bloedtoetse het gewys dat hy dieselfde bloed as een van die ouers het. Dit weet ons nou beteken eintlik niks. Dit kan blote toeval wees, as sy bloedgroep een van die algemene bloedgroepe is."

"Kaptein is heeltemal reg. Sal die welsynswerkster nie ook nou op hulle databasis dit kan vind met die van nie?"

"Sy sal kan, ek gaan nou vir Victoria skakel. Ons het so gou moontlik 'n haarmonster van die meisie nodig en dan moet ons met ons kollegas in Reno gesels oor 'n DNA-monster van die seun."

"Ons sal ons dood gesoek het, ek is so bly vir adjudant Bristol se goeie geheue."

"Dit kan jy weer sê. Ek gaan eers."

Minute later skakel Kevin Woods vir Victoria.

"Kevin, het julle iets vir my?" val sy met die deur in die huis.

"Middag, skone dame, ja miskien. Tik gou vir my die van Harris op jou databasis in en vertel my wat jy sien."

Victoria gehoorsaam, sonder om vrae te vra. Dadelik kom daar 'n lêer op en haar geoefende oë gly oor die inligting.

"Dink jy dit is die seuntjie, Kevin, en hoekom?"

"Ja, ek dink so. Adjudant Briston het my van die voorval vertel waar die seuntjie hier in San Francisco op die hawe alleen gevind is. Hulle het na sy ouers gesoek deur televisie en radio kennisgewings vir baie lank te laat hardloop en niemand het die kind opgeëis nie. Hulle het toe onthou van die ouers wie se baba gesteel is en die seuntjie na hulle geneem in Reno. Die moeder het die seuntjie uitgeken as haar seuntjie."

"Hoe de hoeders?"

"Daardie jare was daar nog nie DNA-toetse nie. Hulle kon net 'n bloedtoets neem en een van die ouers se bloedgroep was dieselfde. Adjudant Bristol het egter beken dat hy nie seker was dat dit wel hulle seuntjie was nie. Sy redenasie was die kind is beter af by ouers wat hom kan versorg en liefhê, as in 'n weeshuis, daarom het hy geswyg."

"Dit maak sin. Wat nou verder?"

"Nou het ons 'n haarmonster van die meisie nodig. Dan sal ons met ons kollegas in Reno gesels, en hulle kan dan daar met die Harrisse begin werk."

"Hier lyk dit my is 'n groter blik wurms as wat ons gedink het."

"Dit lyk beslis so. Miskien sal mevrou Ward ook die geval onthou as jy met haar gaan gesels," meen Kaptein Woods.

"Ek glo sy sal. Ek gaan nou met haar gesels. Dankie Kevin, dit lyk of ons sowaar op die regte spoor is. Ek gaan egter eers niks aan die meisie sê nie, want dit kan haar dalk vals hoop gee."

"Onthou net, sy moet toestemming gee om 'n DNA-monster te gee. So, op een of ander diplomatieke manier sal julle vir haar moet vra. Verder moet sy besef dat as ons bevindinge positief is, haar ouers in hegtenis geneem gaan word vir kinderhandel."

"Sy weet dit reeds, dit is hoekom sy eers graag haar eksamen wil klaar skryf voor dit alles op die lappe kom. Dit begin eersdaags."

"Reg, dan is ons min of meer op skedule met haar beplanning, want ons moet nog die manne in Reno kontak en hulle moet nog toestemming kry om 'n DNA-monster van die seun te kry. Dit glo ek ook nie gaan net so vinnig gebeur nie. Daardie ouers is sekerlik ook bewus dat hulle in groot moeilikheid kan kom."

"Wel, gaan voort. Ek sal so gou moontlik die monster vir jou kry."

"Baie dankie, ek is nou opgewonde vir die meisie se onthalwe. Ek wonder net of die seun nooit enigiets vermoed het nie."

"Dit sal ons seker ook eers uitvind as ons ondersoek verder is. Dankie, Kevin, vir julle hulp so ver."

"Altyd 'n plesier."

Ek dink ek moet eers met mevrou Ward gaan praat en hoor wat sy van dit alles dink.

Sy klop saggies, en op die uitnodiging van mevrou Ward, druk sy haar kop om die deur.

"Het Mevrou vir my 'n oomblikkie, asseblief?"

"Sekerlik kind, ek sit en dink nou juis aan die meisie. Het ons nog niks gehoor nie?"

"Dan is dit telepatie, ek wil juis iets by u hoor. Onthou u dalk van 'n geval waar 'n baba uit 'n hospitaal gesteel was in Reno? Dit moet so om en by sewentien jaar gelede wees."

"Ja, ek onthou. Dit was omtrent 'n opskudding. Die vrou wat die baba gesteel het, het haarself as suster vermom. Dood-eenvoudig ingeloop en die babawiegie geneem onder die voorwendsel dat die dokter bloed wil trek vir geelsugtoetse. Net so maklik. Maar daardie baba is weer gevind... Wat was hulle van tog?"

"Harris, dit is Harris. Was u by die saak betrokke daardie tyd?"

"Nee, ons senior welsynswerkster daardie tyd was. As ek reg onthou, het sy nog saam met die FBI Agent gery om die seuntjie na die ouers te neem. Wil jy vir my sê dat kaptein Woods dink dit is die broer van die meisie?"

"Moontlik, hy het met adjudant Bristol gesels, dié onthou die voorvalle baie goed. Hy het ook die ouers van die tweeling wat net verdwyn het, goed geken, omdat hulle so baie moeilikheid met hulle gehad het. Volgens hom was hy nie so seker dat dit die ouers van die seuntjie was nie, maar het geswyg omdat dit beter vir die kind was om ouers te hê wat hom liefhet as om in 'n weeshuis te bly."

"Genugtig, ja, daardie tyd was daar nie al die toetse en dinge wat bo verdenking kon bewys dat dit hulle seuntjie was nie. Ek onthou darem dat mevrou Davis ons vertel het dat die moeder dadelik die seuntjie uitgeken het. Sy het blykbaar nie 'n oomblik gehuiwer nie."

"Wel, ons sal binnekort uitvind of dit alles voorgee was en of dit werklik so was. Ek gaan nou vir Marjorie skakel om 'n afspraak te maak om die meisie te ontmoet en ook 'n haarmonster by haar te kry vir DNA-toetse."

"Kind, hierdie is 'n baie moeilike saak ... twee ouerpare gaan nou geregtelik vervolg word omdat hulle moontlik kinders grootgemaak het wat nie hul eie was nie. Dit is ook maar nie 'n manier om mense te vergoed nie."

"Mevrou, ja, dit is waar wat u sê. Ongelukkig het hulle dalk al die jare geweet dat hulle daardie tyd 'n verkeerde besluit geneem het. Hoekom het die meisie se ouers nie deur ons gewerk en 'n kind aangeneem nie. Soos ek verstaan, sou dit maklik gewees het om die Kings se tweeling van hulle weg te neem. Hulle was onrehabiliteerbare dwelmmisbruikers. Hoekom het hulle 'n kind gaan koop – of seker twee, maar iets moes verkeerd gegaan het? Dieselfde met mevrou Harris, sy het dalk ook uit desperaatheid om haar baba terug te kry, gejok. Tog kon sy seker al deur die jare daaraan gedink het dat sy dalk iemand anders se kind op dié manier ook gesteel het."

"Jy is reg, kind, jy is reg. Reg is reg, en verkeerd is verkeerd. Die kinders verdien dit om te weet wat die waarheid is."

Terug in haar kantoor skakel sy vir Marjorie.

"Victoria, het jy nuus?"

"Miskien…"

Sy vertel haar wat die bespiegelinge sovêr is en dat hulle moontlik op die spoor is van Beth se broer.

"Wat 'n riller," antwoord Marjorie as sy klaar is.

"Nou moet ek haar ontmoet en aan haar verduidelik dat ons heel eerste 'n haarmonster van haar nodig het. Dit is vir indien ons wel met die Harrisse kontak kan maak en van die seun 'n DNA-monster kan kry. Ons gaan haar eers nie hoop gee nie, net verduidelik dat ons dit nodig het vir moontlike uitkenning as ons 'n spoor kry."

"Dit is in orde so. Sy het pas begin met eksamen en maak oor twee weke klaar. Daarna sal ons nie kans hê om so 'n monster te kry nie. Ek sal met een van my kollegas by wie sy haar tjello-eksamen oor 'n paar dae moet aflê, gesels, dan kan jy haar moontlik daar ontmoet. Ek laat jou weet."

"Ek dog dan jy het gesê haar ouers laat haar nie toe om aan enige aktiwiteite deel te neem nie?"

"Hulle doen nie, sy doen hierdie al vir vyf jaar in die geheim. My kollega het haar gehelp om 'n tjello in die hande te kry. Sy is uiters, uiters begaafd. Dit sal 'n sonde wees as sy nie kon speel nie."

"Wow! Dan is ek baie bly dat daar nog onderwysers is wat bereid is om hulle nekke so vir 'n leerder wat talent het uit te steek. Ek wag om te hoor van 'n datum en tyd."

Beth bespeel die tjello en sy is meesterlik volgens Marjorie. Die Kings was albei musikante. Hoe voel dit dan vir my of die legkaartstukkie perfek pas?

Marjorie loop na John Krige se klas. As sy sien hy is alleen, klop sy en gaan binne.

"Marjorie, is jy ook soms verveeld nou dat al die leerders eksamen skryf?"

"Sommer baie, maar dit is nie hoekom ek hier is nie. Ek is hier oor Beth."

"Beth? Ek verstaan nie."

"Kom ek begin by die begin."

Sy vertel hom van Beth se besoek aan haar, en dat sy vermoed sy nie haar ouers se kind is nie.

"Hoekom maak dit dan skielik sin dat hulle haar so vashou."

"Ja, daar is meer. Sy het vermoedelik 'n tweelingbroer. Die polisie is besig om ons te help om hom op te spoor."

"Hoe de hoenders wil julle dit regkry?"

"Daar is nog 'n gesin betrokke. Hulle baba is gesteel toe hy nog nie 'n dag oud was nie. Dit is hoekom ek hier is. Ons het 'n DNA-monster van Beth nodig. Die maklikste is hare. Victoria, die welsynswerkster wat met haar geval werk, wil haar ontmoet en dan die monster van haar kry. Die enigste geleentheid is wanneer sy haar musiekeksamen by jou doen, omdat jy haar goedgesind is."

"Enige tyd. Ek sal enigiets doen om haar te help. Ek is reeds besig om vir haar werk te soek as tikster en ook met hotelle en restaurante te gesels oor optredes deur haar in die aande vir ekstra geld. Sy wil so graag verder gaan studeer in musiek. Dink julle regtig die Kings kan haar ouers wees wat haar verkoop het? Hoekom?"

"Dit val alles in dieselfde periode en dan ook hulle was albei musikante. Al hoekom hulle nie suksesvol was in musiek nie, is omdat hulle dit self opgemors het met dwelms."

101

"Ah, nou verstaan ek … sodra mevrou Watts klaar haar modereer het vir haar praktiese eksamen, sal ek jou laat weet. Jy kan dan net die dame bring."

"Dankie, John, ek waardeer jou."

Sy laat weet dadelik vir Victoria om oor twee dae om tien uur by haar in haar kantoor te wees.

"Sjoe, so gou. Ek is opgewonde om die dogter te ontmoet."

"Sy is 'n beeld van 'n kind met daardie groen oë, donker hare en blas vel. Sy laat jou byna aan die misterieuse Arabiese skoonhede dink."

Kaptein Woods tree intussen met sy kollegas in Reno in verbinding.

"Kaptein James Wright, middag."

"James, ou vriend, hoe gaan dit met jou?"

"Kevin, my genugtig, ons het lanklaas gesels. Beteken dit julle het weer te veel moeilikheid daar en soek ons hulp," terg hy sy ou kollega.

"Soort van, jy weet mos die moeilikheid hou nooit op nie."

"Praat met my dat ek hoor hoe ek kan help."

Hy skets die situasie in kort vir hom.

"Ek onthou daardie geval soos gister. Ek sien die seun Sondae in die kerk. Die mannetjie is 'n begaafde tjellis. Ek dink hy gaan dit nog ver bring as sy ouers hom net wil toelaat om sy vlerke te sprei. Dit sal seker in elk geval binnekort gebeur, want hy skryf nou sy matriekeksamen."

"Jy vertel vir my hy is 'n begaafde tjellis, baie interessant. So is die meisie wat vermoed sy is aangeneem of gekoop. In haar geval weier haar ouers egter dat sy mag musiekklasse neem en is daar 'n barmhartige samaritaan onderwyser wat haar gehelp het. Natuurlik in die geheim, maar sy is blykbaar net so begaafd."

"Dit raak al hoe meer interessant hoe verder jy praat. Hoe help ons?"

"Ons soek 'n DNA-monster. Ek weet nie hoe jy dit gaan kry as die ouers nie toestemming gee nie," verduidelik Kevin Woods.

"Hel vel, hier voel dit dan nou vir my kom groot moeilikheid. Dit beteken dan as Tyron die seun is waarna julle soek, dat mevrou Harris jare gelede vir ons gejok het. Dit is mos groot moeilikheid."

James Wright dink terug aan daardie dag toe hulle die seuntjie aan die Harrisse gaan wys het. Hy onthou soos gister dat sy baie vinnig beaam het dat dit haar seuntjie is en haar man se woorde was nog: "As my vrou so sê, is dit so, want sy het hom baie langer by haar gehad as ek."

"Nie so groot soos dié wat vir die Millners wag as hulle werklik hierdie kinders by die Kings gekoop het nie. Hoe hulle net met een opgeëindig het, is nog 'n ander vraag."

"Dit sal seker net hulle ons kan vertel as dit nou werklik so is. Hoe haastig is ons? Ek vra maar net, want Tyron skryf eksamen," voeg kaptein Wright by.

"Ja, hier is dit dieselfde. Ons al seker nog die week die DNA-monster van die meisie kry, maar sy skryf ook eksamen. Ek sou dink ons moet dit so bewerk dat hulle die uitslag eers kry nadat hulle klaar geskryf het. Ons wil hulle nie onnodig ontwrig nie. Wat sal 'n week of twee aan hulle lewens verskil maak, as hulle vir vyftien jaar geskei was?"

"Ek stem met jou saam, Kevin. Ek sal dus wag tot hy klaar is met sy eksamen. Dit kan ek maklik uitvind, want my eie kinders is ook in die skool waar hy is. Ek laat jou weet sodra ek dit het en sal dan reël dat dit by julle uitkom."

"Baie dankie. Dink jy die Harrisse sal goeds moets instem dat jy 'n monster neem?"

"As mevrou Harris daardie tyd gejok het, en dit bewustelik gedoen het, sal hulle nie instem nie. Dit sal ons teken wees of ons dalk op die regte spoor is."

"Dan wag ek vir jou oproep, James. Sterkte, want dit klink of jy dit nodig gaan kry."

"Miskien, maar nie naasteby soveel as wat jy gaan nodig hê as die Millners werklik daardie meisiekind gekoop het by die Kings nie. Dan gaan jy 'n behoorlike geveg op jou hande hê."

"Dit kan jy darem seker van wees. Die vrou klink reeds vir my na 'n regte viswyf. Dit is hoe dit alles begin het: sy het op die arme kind geskree. Die dogter het alles net so gaan neerskryf en gehou tot nou. Jy kan seker agterkom dat ons hier met 'n intelligente kind te doen het."

"Net soos Tyron … hy is net so verdeksels intelligent. Ek bel jou sodra ek nuus het," belowe kaptein James Wright.

Interessant, vrek interessant. Hier kom 'n helse gemors as ons aannames reg is.

Hoofstuk 9

Tyron is baie ongelukkig, sy ouers het hom ingeskryf vir 'n B.Com-graad by die universiteit. Hulle het 'n paar maande gelede 'n hewige rusie gehad. Hy wil gaan musiek studeer, en hulle het net botweg geweier.

Miskien kan ek met juffrou Turner praat om te hoor of sy my nie kan help om 'n beurs te kry om musiek te gaan swot nie. Eintlik moes ek dit al lankal gedoen het. Wel, liewer laat as nooit.

Hulle het pas begin met hulle eindeksamen en hy is klaar vir die dag. Hy besluit om dadelik met juffrou Turner te gaan praat.

Wanneer Mildred Turner die klop hoor, kyk sy op en sien dit is Tyron wat by haar deur is.

"Tyron, lekker om jou te sien. Ek mis dit om jou vir klas te hê. Kry jy darem tyd om te oefen vir jou eksamen wat voorlê."

"Middag, Juffrou. Ek mis ook my klas, en ja, ek maak tyd. Dit help met die spanning. Daar is iets wat ek met Juffrou moet bespreek ... om die waarheid te sê, moes ek al lankal."

"Wat is dit, Tyron?"

"Juffrou het my 'n paar maande gelede gevra of ek al ingeskryf het by die universiteit. Ek het toe net geantwoord dat ek al het, maar nie uitgebrei nie. Die waarheid is dat my ouers my ingeskryf het vir 'n B.Com-kursus."

"Nee, ek glo dit nie! Met jou ontsettende talent ... kan hulle dit nie sien nie, of wat is die probleem?"

"Juffrou weet tog hulle wou eers nie instem dat ek lesse neem nie. Hulle voel nog dieselfde oor my wat tjello speel. Hulle het dit net toegelaat omdat ek in die kerk se orkes kon speel. Ek het lank daaroor gedink en miskien ook te lank gewag. Ek kan nie gaan studeer vir 'n B.Com graad nie. My ouers sal nooit betaal vir 'n musiekgraad nie. Ek het gewonder of Juffrou dalk vir my op hierdie laat stadium kan help om aansoek te doen vir 'n beurs iewers."

"Dit is baie laat, maar as ons nie probeer nie, sal ons nie weet nie. Ek sal myself nooit ophou verwyt as jy vir 'n B.Com graad moet gaan studeer nie. Dit sal jou doodmaak."

"Dit sal 'n volle beurs moet wees, want hulle sal my sekerlik die huis belet as hulle hoor ek gaan musiek studeer teen hulle wense in."

"Ek verstaan dit nie ... jy het die mees uitsonderlike talent wat ek nog gesien het, en hulle kan dit nie waardeer nie. Hoe kan dit wees?"

"Ek weet nie, Juffrou. Ek is baie lief vir my ouers, maar ons het die laaste maande vreeslik baklei. Dit is vandat hulle my gevra het wat ek wil gaan studeer en ek eerlik geantwoord het dat ek musiek wil gaan studeer."

"Los dit vir my, ek sal dink en 'n paar plekke kontak."

"Baie dankie, Juffrou. Jammer dat ek u nie al vroeër vertrou het nie. Dit het net gevoel ek mag nie teen my ouers praat nie. Nou kan ek net nie meer stilbly nie, want oor bietjie meer as 'n maand moet ek vir iets gaan leer waarin ek geensins belangstel nie. Ek wil nie 'n ouditeur of rekenmeester word nie. Ek wil gehore bekoor met my musiek."

"Dit is wat jy moet doen. As ek jou ouers se toestemming gehad het, sou jy al lankal gehore begin bekoor het. Jy is briljant."

Tyron voel nou meer gelukkig. Hy weet dat juffrou Turner alles in haar vermoë sal doen om hom te help. Sy en mevrou Dimicelli is die enigstes wat hom nog altyd aangemoedig het.

In San Francisco, is Beth op pad na John Krige se kamer vir haar tjello-eksamen. Hy is bly as sy vyftien minute vroeër opdaag.

"Beth, is jy reg vir vandag?"

"Ek is reg, Meneer. Modereer mevrou Watts weer?"

"Ja, dit is weer sy. Daarna het jy 'n afspraak hier. Is jy op jou senuwees daaroor?"

"Nee, glad nie. Dit is dalk een stap nader aan die waarheid. Ek het lank hiervoor gewag, Meneer."

"Dit lyk tog of alles in plek val, jy het 'n moontlike werk as jy klaar maak. 'n Paar hotelle en restaurante het, nadat hulle na jou musiek geluister het, aangedui dat hulle sal beslis van jou dienste gebruik sal maak. Ek is baie bly vir jou. Natuurlik sal dit baie meer ideaal gewees het as jy op pad was om volgende jaar musiek te gaan studeer, maar ek weet jy sal nog. Jy is vasberade."

"Dit is ek beslis. Ek moet eers net uitvind of ek werklik Beth Millner is of heeltemal iemand anders. Intussen sal ek spaar vir my droom, Meneer."

"Jy is 'n uitsonderlike jongvrou. Het jy al vir jou ouers vertel dat jy saam met Megan 'n woonstel gaan deel as jy begin werk?"

"Nee, Meneer, ek het nie nou al lus vir baklei nie, ek sal sodra ek klaar is met eksamen."

"Ek verstaan. Hier kom Mevrou Watts."

"Wel, ek gaan net terugsit en luister. Gelukkig is ek vandag 'n toeskouer," lag John Krige.

Ek weet hierdie meisiekind gaan weer vir mevrou Watts verstom. Sy is regtig 'n jong virtuoos. Ek kan nie wag om haar naam op plakkate oral te sien as sy begin optree nie. Sy sal die hele klassieke musiek-wêreld op sy kop

draai as sy eers in die openbaar begin speel. Ek dink haar
ouers sal haar dan seker onterf.

Deirdre Watts gee net 'n kopknik as teken dat Beth maar kan begin. Beth laat nie op haar wag nie en val dadelik weg met haar eerste opdrag se stuk. Vol selfvertroue vind haar vingers die akkoorde en gly die strykstok oor die snare. Sy sit met haar oë gesluit en dit is van die begin af duidelik dat hierdie nie vir Beth werk is nie, maar oomblikke waarin sy haar passie leef. Sy voer die een na die ander stuk uit en twee ure later, gly haar strykstok vir die laaste note oor die snare.

"Bravo, bravo. Dit was fenomenaal, Meisiekind!"

Deirdre is op haar voete en klap haar hande. Sy sou nooit geglo het dat Beth haar so kan betower nie. Dit was eenvoudig foutloos en haar tyd was perfek, sy het nie eenmaal gehuiwer of een akkoord gemis nie. Nou is sy eers bly dat sy die groot verrassing vir Beth het.

"Ek is trots op jou, Beth, dit was soos mevrou Watts tereg genoem het, fenomenaal. Baie geluk. Ek is baie bly ek hoef nie hierdie punt te gee nie."

"Nee wat, dit is baie maklik. Sy kan niks anders as 'n volmaakte punt kry met so 'n volmaakte uitvoering nie. Net 'n A+ sal goed genoeg wees. Maar voor jy te opgewonde raak oor die punt, ek het nog 'n verrassing vir jou."

"Wat kan 'n groter verrassing wees as 'n A+ in my tjello prakties?"

Sy haal 'n koevert uit haar handsak en gee dit aan Beth.

"Maak dit oop..."

Beth begin die koevert met bewende hande oop te maak. Sy vou die brief oop en sien die logo van die Konservatorium vir Musiek van San Francisco. Haar hart klop in haar keel. Sy begin lees.

Nadat ons na die band geluister het en jou fantastiese punte vir musiekteorie gesien het, sal dit vir ons 'n voorreg en eer wees om 'n volle beurs aan jou toe te staan.

Dit is baie duidelik dat jy 'n baie uitsonderlike talent het vir jou instrument en ons sal graag deel wees van jou voorbereiding vir jou suksespad.

"Mevrou Watts, ek kan dit nie glo nie. Ek kan nie glo dat ek dit gekry het nie..." Sy is uit haar vel en terselfdertyd loop die trane oor haar wange van dankbaarheid.

"Ek het nooit aan jou begaafdheid getwyfel nie, maar agtergekom dat nie jy of meneer Kriger gepraat het van verder musiekstudies nie. Toe het ek maar self aansoek gedoen vir 'n beurs vir jou, al was dit al so laat. Ek het vertroulik verneem dat hulle 'n spesiale vergunning gemaak het vir jou om jou te kan akkommodeer. Dit is hoe graag hulle jou daar wil hê. Jou punte is die beste van al die studente wat aansoek gedoen het om hierdie kursus te doen. Baie geluk, jy het hard gewerk hiervoor. Nou moet jy nog hierdie nuus met jou ouers gaan deel. Baie sterkte daarmee."

"Mevrou, ek het nie woorde om u te bedank nie. Ja, my ouers ... ek sal dit eers nadat ek klaar is met eksamen aan hulle vertel. Dat ek 'n oorlog op my hande gaan hê, is baie seker. Ek gaan nie toelaat dat dit my opgewondenheid en dankbaarheid demp nie. Jippee, die begin van my droom is 'n werklikheid."

"Mevrou, so jy het besluit om niks te sê nie en net aansoek te doen namens Beth. Wow, hoekom het ek nie daaraan gedink nie. Baie geluk Beth, jy verdien dit oor en oor."

"Dankie, Meneer. Ek gaan net rustig wees, en so stilstil my goed begin regkry vir volgende jaar."

"Jy is so 'n wyse en volwasse jongvrou, Beth. Ek kan nie wag om jou loopbaan te volg nie. Jou ouers het jou werklik baie teruggehou. Jy kon al male sonder tal in klassieke uitvoerings deelgeneem het. Om nie te praat van Eisteddfods nie. Jy sou beslis 'n hele kamer vol toekennings al gehad het. Ek verstaan steeds nie wat is hulle probleem daarmee dat jy nie mag aan enigiets deelneem nie."

"Ek ook nie, Meneer, maar dit gaan een van die dae eindig. Ek was nou 'n goeie dogter en gehoorsaam. Steeds is my toekoms nou op die spel en moet ek doen wat ek moet doen. En dit gaan wees om my graad in tjello te verwerf en 'n loopbaan as tjellis te volg ... niks anders nie. Ek is nou oud genoeg om te baklei vir my droom en hier het die geleentheid reg in my skoot geval."

"Dit is hoe ek jou ken, vasberade. Ek sal altyd hier wees om jou te ondersteun, Beth. Jy is my mees briljante student en daarby hardwerkend. Dit is tyd dat jy beloon word vir jou deursettingsvermoë."

"Mevrou Watts, ek weet nie hoe om jou hiervoor te bedank nie. Ek dink jy weet nou hoeveel dit vir Beth beteken. Baie, baie dankie."

"John, dit is alles my plesier. Ek kan nie wag vir haar eerste publieke optrede nie. Sy gaan die gehoor hipnotiseer."

"Beth, dit lyk of jy binnekort die rusie van jou lewe met jou ouers gaan hê, of jy kan natuurlik net oornag verdwyn."

"Meneer, ons sal maar sien."

"Julle, ek gaan op pad wees. Ek ken nou nie jou ouers of jou storie nie Beth, maar wat ek wel weet is dat hulle eintlik vrek trots op hulle dogter moet wees."

"Nogmaals dankie, Mevrou. U het vandag my lewe verander en my droom bewaarheid."

"Altyd 'n plesier. Kry my nommer by meneer Krige en hou my op hoogte hoe dit met jou gaan."

"Dankie, Mevrou, ek sal beslis dit doen."

Sodra mevrou Watts by die gang af verdwyn het, skakel John vir Marjorie om te laat weet hulle kan maar kom. Hy is nou so opgewonde oor die beurs wat Beth gekry het. Wanneer hy die gehoorstuk neersit, skud hy sy kop heen en weer.

"Wat is dit Meneer, is daar fout?"

"Nee niks fout nie. Jy moet 'n baie spesiale plek in mevrou Watts se hart hê. Sy het nog nooit dit vir enige van my studente gedoen nie. En dit sonder dat sy eers van jou omstandighede geweet het. Hierdie is voorwaar net ongelooflik. Juffrou Wallis en die welsynswerkster sal nou hier wees."

"Alles reg, hierdie dag kan nie nog beter word nie."

Minute later kom Marjorie en Victoria daar aan.

"Middag John en Beth. Dit is Victoria Cox van die welsyn. Victoria, Beth en my kollega John."

"Aangename kennis, Victoria," groet John.

"Goed om u te ontmoet, juffrou Cox," groet Beth respekvol.

"Beslis ook goed om julle te ontmoet, veral vir jou, Beth. Gedorie, maar jy het die pragtigste oë, kind."

"Baie dankie, juffrou Cox."

"Ons sal dan eers na my kamer gaan terwyl jy besig is met Beth," stel Marjorie voor.

"Nee, Juffrou, jy en meneer Krige kan maar bly. As dit nie vir julle hulp was nie, was ons nie nou hier nie. Juffrou Cox kan maar praat."

"Reg, Beth. Ek wou jou self ontmoet het, en dan die ander belangrike ding is dat ons van jou 'n haar-monster moet kry vir moontlike DNA-toetse as ons begin soek. Jy moet ook weet dat indien ons 'n leidraad volg en daardie persoon se DNA stem met joune ooreen, gaan die polisie by jou ouers se huis opdaag om hulle in te neem vir ondervraging. Is jy daarop voorbereid?"

"Juffrou, om u laaste vraag eerste te antwoord, ek is voorbereid. Ek het myself vandat ek twaalf jaar oud was emosioneel daarop voorberei. Ek moet weet of wat ek gehoor het, waar is. Deur die jare het ek anders na dinge begin kyk as gevolg van wat ek gehoor het. En hoe meer ek waargeneem het, hoe meer het ek begin glo dat wat my ma gesê het, waar is. Dit is hoekom ek nou julle betrek het. Ek is eersdaags klaar met matriek en dan moet my lewe begin. Ek moet weet."

"Dan is dit reg so. Wat gaan met jou gebeur as die polisie hulle byvoorbeeld in hegtenis neem? Waar sal jy bly en gaan jy volgende jaar studeer of werk?"

"Ek het pas gehoor dat ek 'n volle beurs gekry het om te gaan studeer vir my graad in tjello, wat nog altyd my droom was. My ouers weet nie eers dat ek tjello neem nie, want hulle het my verbied. Ek gaan dus in die konservatorium se koshuis inwoon en vakansietye het ek 'n vriendin by wie ek kan woon. Ek glo ek is geholpe."

Marjorie kyk na John toe sy van die beurs hoor en hy skud net sy kop om aan te dui dat dit nie sy toedoen is nie. Sy is dood nuuskierig maar sal moet wag om vrae te vra tot ná die onderhoud.

"Dit is wonderlike nuus, Beth, ek is baie bly vir jou. Dan het ons net 'n haar of twee van jou nodig. My kollegas by die polisie is reeds besig om na verskillende leidrade te kyk. Waar dit ons gaan uitbring, is ons nog nie seker nie. Steeds, as ons jou hare het, kan ons dadelik werk maak sodra ons dink ons is op die regte spoor."

"Dit is maklik genoeg."

Sy hark haar vingers deur haar hare en hou haar hand na Victoria toe uit. Dié neem die twee byna swart hare wat op haar hand lê en plaas dit in 'n koevert wat sy reeds vooraf met Beth se naam gemerk het.

"Dankie, dan dink ek ons is klaar. Ek neem aan jy gaan by die San Francisco Konservatorium vir Musiek studeer?"

"Ja, dit is korrek. Ek moet bieg, ek kan dit nog nie glo nie, maar hier is my brief."

Sy hou dit na Victoria toe uit. Sy neem dit en lees dit.

"Wow, dit lyk of hulle jou baie graag daar wil hê as die prof self vir jou die uitnodiging gestuur het."

"Dit is die werk van mevrou Watts, die moderator vir tjello vandat ek begin les neem het. Sy het my vandag na my eksamen met die wonderlike nuus verras. Ek voel of ek droom."

"Dan moes jy haar beslis beïndruk het. Ons praat vinnig weer."

"O, dan is dit waar die beurs vandaan kom. Sjoe, Beth, ek is so bitter bly vir jou onthalwe. Maar nou sal jy nog by jou ouers moet verby kom."

"Juffrou Wallis, glo u my, al moet ek in die nag wegloop, gaan studeer gaan ek."

"Alles sal uitwerk, Beth. Kyk nou net hoe het jou tjello-eksamen se praktiese stuk vir jou tóé al 'n plek verseker en ons het dit nie geweet tot 'n halfuur gelede nie."

"Dankie, meneer Krige, dit is waar. Meneer sê mos altyd ons het 'n Vader wat vir ons sorg. Dit wil al vir my voorkom of Meneer reg is."

Die twee vroue groet en verlaat hulle.

"Ja, Beth, natuurlik is dit waar. Wil jy vir my vertel dat jy nie vir Jesus ken nie?"

"Nee, Meneer, my ouers gaan nie kerk toe nie en daar is nie eers 'n Bybel in ons huis nie. Verder weet Meneer mos dat ek net toegelaat word om skool toe te kom, en niks anders nie. Wie sou vir my vertel het?"

"Wil jy hoor?"

"Ja, ek wil. Hierdie beurs is vir my 'n teken dat daar iets of iemand groter as ek moet wees wat vir my omgee. Wat dinge in my lewe laat gebeur sonder dat ek eers weet hoe."

Vir die volgende uur vertel John Krige vir Beth van die Drie-enigheid en hoe Jesus aarde toe gekom het om vir hulle te sterf. Hy lei haar na Jesus en bid saam met haar. Sy huil hartverskeurend. Dan haal John 'n Bybel uit sy lessenaar se laai en gee dit aan haar.

"Hierdie, Beth, is ons wat ons harte vir Jesus gegee het, se handleiding. Hierin sal jy vind hoe Hy wil hê jy moet leef, maar ook al sy beloftes en troos. Hou dit naby jou en lees dit elke dag. Streef daarna om sy wil te doen en vra om vergifnis elke dag vir die dinge wat jy verkeerd doen. Ons is nie perfek nie, maar ons moet streef om elke dag meer soos Jesus te word. Luister na daardie stemmetjie wat jou sal raad gee en jy kan maar sy raad neem. Dit is die Heilige Gees wat jou lei. As jy vrae het of twyfel oor iets, bel my enige tyd."

"Meneer, kan ek Jesus vir enigiets vra?"

"Ja, jy kan. Hy gee ons nie alles wat ons vra nie, want hy weet reeds wat vir ons goed is. Tog sal Hy altyd op die regte tyd vir ons gee wat ons nodig het, soos hierdie beurs wat jy vandag van gehoor het. Ons as mense is dikwels geneig om ons hartseer, ons vreugde en alles met mense om ons te deel. Maar mense sal ons soms teleurstel al sê hulle hul het ons lief. Jesus sal jou nooit teleurstel nie. Hy sal ook nooit jou hartsgeheime met enigiemand deel nie. Hy wil jou gelukkig sien."

"Dit is wonderlik, ek kan nie wag om my pad verder met Jesus te stap nie, Meneer. Dit is voorwaar vandag my dag vir wonderwerke, al het ek voor vandag nie eers geweet wonderwerke bestaan nie."

"Dit is 'n voorreg om jou na Jesus te kon lei. Dit is alles net tot ons Vader se eer. Jy moet lekker skryf, ek sien jou volgende week vir jou teorie-eksamen. As jy iets hoor van juffrou Cox, laat my weet, asseblief."

"Ek sal vir juffrou Wallis vra om vir Meneer op hoogte te hou, sy sal seker eerste weet as ek iets van juffrou Cox hoor. Vanaand slaap ek met my Bybel en hierdie brief onder my kopkussing."

"Doen jy dit, maar nie voor jy jou Bybel gelees en gebid het voor jy slaap nie, onthou."

Victoria laat onmiddellik vir Kevin Woods weet sy het die hare van Beth gekry.

"Kevin, ek het Beth se hare gekry. Kom jy dit by my haal?"

"Net as jy belowe om vir my koffie te gee. Hier het ons nie sulke lekker koffie soos daar by julle nie."

"Ek sal vir jou koffie gee, ek wag vir jou."

Kaptein Woods loer by sersant Neumann se kantoor in.

"Ek gaan haal die haarmonsters van Beth by Victoria. Ons vorder goed. Wanneer James dan aan daardie kant by die jongman uitkom, gaan alles net makliker gaan."

"Reg so. Ek hoop werklik vir die meisie se part dat ons op die regte spoor is."

"Ek ook."

Die welsynskantore en geriewe is nie ver van hulle kantore af nie. Binne tien minute stap hy by Victoria se kantoor in.

"Kevin, jy is seker baie lus vir koffie as jy so vinnig hier is, of is dit van opgewondenheid oor die hare?"

"Miskien is dit omdat ek die geleentheid het om by so 'n mooi vrou soos jy koffie te drink," terg hy.

"Man Kevin, hou op nonsens praat met my. Kom ek skink vir ons koffie dat ek jou van Beth kan vertel."

"Ek vrek van nuuskierigheid en lus vir koffie."

Sy sit die skinkbord met die koffie tussen hulle neer en gaan dan sit.

"Help jouself, asseblief."

Sy neem haar koffie en gooi net twee suiker in voor sy dit roer.

"Vertel nou, asseblief."

"Wel, dit is die mooiste kind. Sy het donkerbruin, byna swart hare wat in 'n bob gesny is en die groenste oë wat ek nog in my ganse lewe gesien het. Daarby het ek vandag uitgevind dat sy vrek begaafd is in musiek. Sy het pas haar tjello praktiese eksamen afgelê toe sy my ontmoet het. Die vrou wat die praktiese eksamens modereer is so beïndruk met haar talent. Sy het blykbaar eiehandig 'n band vir die prof in tjello by die konservatorium gestuur. Dié het Beth 'n volle beurs gegee om vir haar graad in tjello te gaan studeer. Wat gaap jy my nou so aan?"

"Ek kan net nie glo wat jy my vertel nie. James Wright, my kollega van Reno, het my nou die dag vertel hoe 'n genie in tjello die seun is wat ons vermoed dalk haar broer kan wees. Dit kan onmoontlik toevallig wees. Ek glo nie in toeval nie."

"Ek ook nie, dit raak nou vir my baie interessant. Hier is haar hare. Ek het haar ook gevra of sy bewus is van wat die nagevolge vir haar ouers kan wees as ons haar broer sou opspoor en sou bevind dat wat sy gehoor het, waar is. Sy het my verseker dat sy ten volle bewus is."

"Sy klink voorwaar na 'n baie intelligente meisie en ook baie volwasse."

"Jy is heeltemal reg. Haar ouers is nie eers bewus dat sy tjello-lesse neem nie. Ek het haar gevra of sy 'n heenkome sal hê as julle haar ouers sou arresteer. Sy het daarop ook positief geantwoord. Sy het darem een vriendin waaraan sy baie naby is en saam met wie sy 'n woonstel sou deel voor sy geweet het van die beurs. Een ding minder om ons oor te bekommer. Ons moet net haar broer vind dat die ander dinge in plek kan val."

"Jip, heel moontlik is daar twee egpare wat baie verduideliking het om te doen. Ons weet mos nou al dat die regters nie genade het vir mense wat met kinders mors nie. Dit is eintlik bietjie hartseer dat mense wat hulle dalk oor die kinders ontferm het, in die moeilikheid daaroor gaan beland, maar dit is ook so dat hulle mos die regte kanale kon volg reg aan die begin."

"Dit is presies so. Ons kan mos nie net almal links en regs kinders koop en verkoop nie."

"Het jy kinders, Victoria?" vra Kevin. Hulle ken mekaar professioneel al lank, maar praat nooit oor hulle private lewens nie.

"Nog nie ... die regte manier is mos om eers 'n man te vind."

"Wil jy vir my vertel jy is ongetroud?"

"Ja, en jy, het jy kinders?"

"Ook nog nie, was nog altyd te besig met my beroep."

"Hoe klink dit dan vir my of ons in dieselfde span trek?"

"Ek is net verstom dat een of ander man jou nie al raakgesien het nie. Is die mans dan almal blind hier in ons stad?"

"Ek dink baie mans hou ook nie daarvan as 'n vrou 'n beroep volg nie. Ek is ook nie een wat regtig rondhang op plekke waar daar gedrink of gekuier word nie. Naweke probeer ek uitkom in die natuur. Ek glo as ek moet trou, sal my Vader die regte man oor my pad stuur op die regte tyd."

"O! Dan klink dit my is jy ook nog van die bedreigde spesie wat Christene genoem word. Ek behoort ook gelukkig aan daardie spesie. Hoekom het ek nooit voorheen gewonder of jy getroud is nie en net aangeneem?"

"Dit sal ek werklik nie vir jou kan antwoord nie, Kevin."

"Dankie vir die koffie en vir die moeite om die hare in die hande te kry. Ek gaan eers groet. Ons sal jou op hoogte hou as daar enige vordering is. Of miskien val ek weer hier uit vir van jou lekker koffie."

"As jy my op kantoor vang, is jy meer as welkom om te kom koffie drink. Dankie vir julle hulp. Die meisiekind verdien werklik om die waarheid te weet."

Hoofstuk 10

Tyron werk hard, maar oefen net so hard. Hy probeer sy gedagtes met positiewe dinge besig hou.

Ek kan nie vir 'n B.Com-graad gaan studeer nie. Hoe gaan ek hier uit kom? Ek is sekerlik te haastig, maar ek het ook nog niks van juffrou Turner gehoor oor 'n moontlikheid van 'n beurs nie. Wat gaan ek maak.

Hulle is besig om aandete te nuttig. Hy kyk op en sien almal se aandag is by hulle kos. Hy kyk na sy vader en dan na Glenn wat nou ook al 'n tiener is. Dit val hom weer op dat Glenn 'n perfekte kombinasie van sy twee ouers is. Al wat hy van sy ouers van sy moeder se kant af gekry het, is sy donker hare.

Asof sy vader sy gedagtes gelees het, begin hy praat: "Hoe lyk dit, Tyron, is jy reg vir die uitdaging van volgende jaar?"

"Om eerlik te wees met Pappa, nou konsentreer ek eers net op my eksamen," kry hy dit reg om die vraag te omseil.

"Dit is ook reg so. Ek verstaan net nie hoekom jy nog soveel tyd spandeer op daardie tjello van jou nie," reageer Arlene.

"Mamma, dit is my manier van ontspan. Ander kinders gaan seker draf of luister na musiek. Ek speel my tjello."

"Dit maak sin," antwoord Tony.

"Ek gee nie om as Ouboet speel nie, dit is pragtig en bring 'n rustigheid," lê Glenn ook sy eiertjie.

"Dankie, Glenn. Hoe gaan dit met jou eksamen-voorbereiding? As daar iets is waarmee ek jou kan help, moet jy praat," bied Tyron aan.

Hulle twee kom nog steeds baie goed oor die weg, al is hulle so verskillend.

"Dit gaan aan, Ouboet. Ek is besig met opsommings. Dit maak als makliker as ek moet leer."

"Dit is waar. Wanneer jy begin, is ek reeds klaar. As jy tussendeur afleiding soek, sal ek saam met jou bietjie bal speel dat jy in oefening kan bly."

"Dankie, ek sal daarvan hou."

"Tyron, hoeveel vakke het jy nog oor voor jy klaar is?" vra Tony.

"Pappa, nog twee. Ons skryf Vrydag en dan eers weer Woensdag, volgende week. Dan is ek klaar."

"Hierdie jaar bly ons maar tuis vir die vakansie. Ons kan sommer hier in ons eie stad vakansie hou. Gaan fliek, of ysskaats, of selfs vir 'n dag Lake Tahoe toe ry om te gaan ski."

"Vakansie is duur, en hierdie jaar is die universiteitsgelde meer belangrik," las Arlene by.

Tyron se maag draai.

Hulle gaan my doodmaak as ek my kursus verander. Ek kan tog nie wees wat ek nie is nie. Hoekom wil hulle dit nie verstaan nie? Ek sal doodgaan as ek elke dag met syfers moet werk vir die res van my lewe. Vader, dat ek tog asseblief, asseblief net 'n beurs kry!

Die Vrydag skryf Tyron Geskiedenis. Wanneer hy by die lokaal uitkom, wag juffrou Turner vir hom.

"Hallo Tyron, hoe het jy geskryf?"

"Hi Juffrou, dit is goed om u te sien. Dit was maklik, dankie. Nou nog net my laaste Engelse vraestel, dan is ek klaar."

"Kan ons in die musiekkamer gaan gesels?"

Sy het geen idee hoekom Ina Dimicelli met Tyron wil praat nie, maar sy moet hom net daar kry. Ina sal sekerlik nou net daar aankom.

"Sekerlik, Juffrou."

Hulle het pas by juffrou Turner se kamer ingestap as, Ina Dimicelli inwarrel by die deur van die musiekkamer, geklee in 'n baie bont skibroek, en net so 'n bont top bo, met 'n helderkleurig buitengewone groot sonbril op haar gesig en bloedrooi lippe. Haar pikswart gekleurde lang hare is in 'n bokstert agter haar kop vas.

"Hello julle, ek is bly om te sien dat my gunstelingstudent reeds hier is. Vandag is dit 'n baie spesiale besoek."

Sy is soos altyd borrelend, maar vandag het sy 'n *ace up her sleeve* soos die Engelse sou sê. Sy moes haarself 'n paar maal al keer om die geheim nie voor die tyd aan Mildred uit te blaker nie.

"Tyron kind, ek het iets vir jou..."

"Vir my, Mevrou?" vra hy verbaas.

Sy hou 'n wit koevert na hom uit. "Ja, jy kan mos sien jou naam is daarop."

Tyron kan nie vir 'n oomblik dink wat dit kan wees nie. Hy maak die koevert versigtig oop en trek die enkel vel spierwit papier uit. Wanneer hy dit oopvou, rek sy oë reeds.

"Dit is van die Nevada Universiteit se Musiek Fakulteit!"

"Lees, Tyron, ek dood van nuuskierigheid," por juffrou Turner hom aan. Haar hart klop in haar keel van opgewondenheid.

Tyron se oë vlieg oor die woorde. Sy brein wil vir sekondes nie inneem wat hy lees nie. Hy lees dit weer en kyk dan twyfelagtig na Ina Dimicelli.

"Wat, Kind? Verstaan jy dit nie, of glo jy dit nie?" vra sy met 'n glimlag wat lyk soos die van 'n kat wat room gehad het.

"Is dit waar? Lees en verstaan ek dit reg?"

"Gee hier Tyron, my swak hart sal dit nie hou nie, dat ek self lees."

Mildred Turner neem die brief by hom. Tyron hou haar met 'n kloppende hart dop en dan tref die besef hom as hy sien hoe haar gesig ophelder.

"Tyron, Tyron! Jy het so pas 'n volle beurs ontvang om te gaan musiek studeer! Ek kan dit nie glo nie."

Mildred is by hom en hy gee net een gil voor sy hom teen haar vasdruk. Hierdie seun het soos haar eie seun geraak. Sy is so verheug oor hierdie nuus.

Tyron draai om en dan is hy by Ina Dimicelli en gooi sy arms spontaan om die ouer vrou se nek en druk haar vas.

"Mevrou, ek kan dit nie glo nie. Hoe het dit gebeur?"

"Maklik, ek het jou heel eerste eksamen se band aan 'n vriend van my daar gestuur. Hy was dadelik in vervoering dat jy, wat toe nog nie 'n jaar geleer het op die tjello, so kon speel. Maande later het hy my gekontak en toe al belowe dat hy sal sorg dat jy 'n volle beurs kry. Sy mening is sulke talent mag nie vermors word nie."

"Dankie, Mevrou. Ek weet nie of dankie genoeg is nie. Dit is so groot, ek kan dit nie glo nie. Dit voel so onwerklik. My ouers sal nie kan weier nie, want alles is ingesluit. En as hulle weier, loop ek voorwaar weg. Musiek gaan ek studeer. Ek gaan sowaar musiek studeer," laat hoor hy weer in ongeloof.

"Ina, ek weet nie hoe om jou hiervoor te bedank nie. Ek dink jy weet nou hoeveel dit vir Tyron beteken. Ons het baie laat aansoek gedoen vir beurse vir hom, maar nog niks gehoor nie en hier is jy nou met die verrassing. Baie, baie dankie."

"Mildred, dit is alles my plesier. Ek kan nie wag vir sy eerste publieke optrede nie. Hy gaan die gehoor bekoor."

"Nogmaals dankie, Mevrou. U het vandag my lewe verander en my droom bewaarheid."

"Altyd 'n plesier, jou loopbaan gaan ek volg."

"Dankie, Mevrou."

"My werk hier is afgehandel, sterkte met jou ouers. Mildred, gee vir hom my nommer en stuur sy nommer vir my, asseblief." Soos sy ingekom het, dwarrel sy weer uit.

Vir Tyron voel dit asof hy op 'n wolkie sweef, alhoewel dit vir hom sleg is dat hy sy wonderlike nuus nie met sy ouers kan deel nie. Met Glenn wat sy broer is, maar ook sy beste vriend, kan hy dit ook nie deel nie. Hy wil hom nie onder onnodige spanning plaas so voor hy moet begin eksamen skryf nie.

Wel, as die slegste ding in my lewe vir die oomblik moet wees om my opgewondenheid weg te steek, dan sal ek dit sekerlik regkry. Wow, Vader, baie dankie, baie, baie dankie hiervoor. Wys my die regte tyd om dit met my ouers te deel. Help my om hulle te respekteer, al verskil ons van mening.

Die volgende Woensdag maak Tyron sy skoolloopbaan klaar. Die opgewondenheid lê soos 'n gewig binne hom, dit wil telkens net ontplof.

Kaptein James Wright is net so opgewonde. Hy het met sy ou vriend, kaptein Woods van San Francisco ooreengekom, sodra Tyron klaar is met eksamen, sal hy die Harrisse gaan besoek. Sy dogter het hom vanoggend meegedeel dat Tyron vandag klaar skryf.

Hoe sal ek dit benader? Sal ek vooraf 'n afspraak maak? Of nee, dan sal hulle mos snuf in die neus kry of my besoek bevraagteken. Nee, ek moet net daar opdaag. Dan het ek die verrassingselement aan my kant. Ek dink

Vrydagmiddag so teen vier dertig sal die regte tyd wees. Tony, weet ek, kom Vrydae vroeg af en Arlene is dan al lankal tuis. Die seuns sal ook daar wees. Perfek.

James Wright is heeltemal reg met sy aanname. Wanneer hy oorkant die straat parkeer, sien hy dat albei Tony en Arlene se voertuie daar is.

Wel, hier gaan ons. Ek moet sekerlik voorbereid wees dat ek dalk nie so vriendelik behandel gaan word as hulle hoor hoekom ek hier is nie.

Hy klop, en 'n seun, wat sekerlik die Harrisse se jongste seun, Glenn moet wees, maak die deur oop.

"Middag, Jongman. Is jou ouers tuis?"

"Ja, hulle is. Kom gerus binne..."

"Kaptein Wright, jou ouers ken my."

"Goed, gaan sit gerus, ek gaan hulle gou roep."

Wat sal 'n polisieman met my ouers soek? Hy het gesê Pappa en Mamma ken hom. Miskien kom groet hy maar net.

Tyron, wat in sy musiekkamer besig is, hoor hoe kaptein Wright hom aan Glenn voorstel en wonder ook hoekom hy dan hier is. Hy besluit om net hier te bly. Hy sal 'n entjie by die trap opgaan as hulle begin gesels, dan sal hy van hier alles kan hoor. Niemand sal weet dat hy hier is nie.

Glenn gaan roep vir Tony en Arlene wat by die swembad koffie drink.

"Pappa en Mamma, daar is 'n kaptein Wright om julle te sien. Hy sê julle ken hom."

Arlene voel dadelik hoe haar maag op 'n knop trek. Tony is verbaas om te hoor dat James Wright na al die jare hulle kom besoek.

"Ja, ons ken hom. Kom, my vrou, James kom seker net 'n koppie koffie soek."

Hy merk glad nie dat Arlene so wit soos 'n spook is nie.

Glenn hardloop vooruit om vir die geregsdienaar te gaan sê dat sy ouers op pad is en dan gaan hy na sy kamer.

"Arlene en Tony, jammer dat ek net so inval. Met ons werk, werk beplanning soms nie so lekker nie. Ek hoop nie julle gee om nie," groet hy.

"Nee, ons is wel baie verras om jou te sien, maar dit is heeltemal in die haak. Sal jy koffie neem?" vra Tony.

Arlene is minder vriendelik, maar staan so half agter Tony.

"Nee wat, ek wil net bietjie met julle gesels."

"Sit gerus, laat ons hoor waaroor."

Tony wonder ook nou waaroor sal hy met hulle wil gesels.

"Ek wil werklik nie ou wonde kom oopkrap nie, maar ons moet doen wat ons moet doen. In hierdie geval het ons nou 'n dogter wat so oud soos Tyron is en na haar familie soek."

"Wat het dit met ons te doen. Tyron is ons seun!" val Arlene dadelik aan en verklap ver meer as wat sy sal besef.

"Ja, verduidelik asseblief hoe ons iets daarmee te doen kan hê," vra Tony ook.

"Ons soek na 'n seuntjie wat vyftien jaar gelede in San Francisco agtergelaat is deur sy ouers, die dogter is sy tweelingsussie."

Hy lig hulle in oor die saak, maar waar dit tot die beswil van die saak sal wees, verswyg hy feite. Hy hou veral vir Arlene dop en merk dat sy baie senuagtig voorkom.

Tyron luister en onthou dan weer van die album met die uitknipsels. Nou is hy ene ore en wil niks mis nie.

"Ek kan steeds nie sien wat dit met ons te doen het nie," reageer Arlene heftig.

"Arlene, het jy vergeet dat ons kollegas in San Francisco vir Tyron op die hawe gevind het vyftien jaar gelede? Dit is hoekom ek hier is. Om onomwonde te bewys dat hy julle seun is en nie die tweelingboetie van die meisie wat haar familie soek nie."

"Dit is tog algehele waansin. Hy is ons seun," gooi Tony nou ook wal.

"As julle dan so seker is dat Tyron julle seun is, behoort julle sekerlik nie 'n probleem te hê as ons 'n DNA-monster neem om die meisie te kan gerusstel nie."

"Nee, ek weier, julle sal nie van my seun enige monsters neem nie!"

"Arlene, jy weet dat waarmee jy nou besig is as dwarsboming van die gereg gesien kan word? Hoekom is jy so ontsteld en weier jy as jy seker is van jou saak?"

"Ek wil nie my seun deur dit sit nie. Al die onsekerheid en nonsens vir niks."

"Ons sal hom deur absoluut niks sit nie. Ons het net 'n haar van hom nodig om te kan vasstel of hy familie is van die meisie."

"Kaptein Wright, sê vir my het jy 'n lasbrief?" vra Tony nou ook warm onder die kraag.

"Nee, ek het gedink julle het jul seun se belange op julle hart en sal instem om saam te werk. Tog is dit baie maklik, ek kan binne ure 'n lasbrief kry en julle dan dwing. Dit is nie hoe ek dit wou doen nie. Ek het mos hierdie pad met julle gestap."

"Nee, jy het geem idee nie. Tyron is ons seun, en kry jy maar jou lasbrief as jy dan moet. Ons weier dat jy 'n monster van hom neem," reageer Arlene nou byna histeries.

So, wat die Kaptein indirek sê is dat ek moontlik nie my ouers se kind is nie, maar 'n tweelingbroer van 'n ander meisie. As dit nie so is nie, hoekom reageer Mamma dan net so hewig soos toe ek haar oor die uitknipsels gevra het? Wat gaan hier aan? Ek moet by die kaptein uitkom.

Ek sal maak asof ek nie bewus was dat my ouers 'n besoeker het nie en net saggies na die voordeur beweeg. Miskien sien hulle my nie eers met die wat hulle in 'n woordewisseling is nie. Vader, help my, help my as dit is wat ek vermoed dit is.

"Dus sien julle kans om aangekla te word vir dwarsboming van die gereg vir iets so eenvoudig?" probeer kaptein Wright weer die saak vreedsaam besleg.

"Eenvoudig! Ja, daar is net een ding wat hier eenvoudig is, en dit is dat Tyron ons seun is en ons niks met julle ondersoek te doen het nie. Ek sal u nou moet vra om te gaan," bars Arlene weer uit.

"Goed, ek gaan. Wees verseker ek sal terug wees, nie lank van nou," aanvaar James Wright die uitdaging. Hy weet hy het die gereg aan sy kant, en hy dink hy ruik 'n rot.

Intussen het Tyron dit reggekry om ongesiens by die voordeur uit te beweeg. Hy hoor hoe sy ma die man summier wegjaag en weet hulle sal nie saam met hom uitstap nie. *Vader, dankie tog.*

James laat homself uit, maar hy is geensins omgekrap nie. Hy weet hierdie rondte gaan hy een of ander tyd wen. *Nou moet ek net met Senior Staatsaanklaer Horn praat. Sy sal dadelik vir my 'n lasbrief uitreik as sy hoor dit gaan oor 'n kind wat moontlik verkeerdelik deur ouers geëis is as hul eie. Moet dus nie te gemaklik word nie, meneer en mevrou Harris.*

Hy stap oor die pad na sy voertuig en merk dat daar iemand by sy voertuig vir hom wag. Soos hy nader kom, herken hy vir Tyron Harris en sy hart bokspring behoorlik soos 'n jong verliefde man s'n oor die guns wat hy so pas ontvang het.

"Tyron, wag jy vir my?" vra hy verbaas.

"Ja, Kaptein … ek het alles gehoor. Ek was in my musiekkamer. Hier is 'n haar of twee vir daardie toetse. Ek wil weet, as my ouers nie wil weet nie."

Hy verduidelik aan 'n baie verbaasde James dat hy jare gelede al die uitknipsels gekry het en sy moeder daarna gevra het. Sy het hom net afgejak en die dood voor oë gesweer as hy weer sou karring daaroor.

"Ek verstaan … so jy soek ook eintlik lankal antwoorde?"

"Ja, ek sal nie sê soek nie, maar was van plan om nog te soek. Ek het 'n beurs ontvang om te gaan studeer vir my graad in tjello. My ouers weet dit nog nie. Hulle het my ingeskryf vir 'n B.Com-graad. Ons het 'n hewige rusie daaroor gehad. Ek lyk nie soos hulle nie. Nie een van hulle hou van musiek nie. Hul weiering dat ek aan enige uitvoerings of eisteddfods deelneem het my lank genoeg teruggehou. Dit is my passie en ek moet weet wie ek is, Kaptein."

"Dankie, jy besef natuurlik dat hierdie 'n groot blik wurms kan oopkrap vir hulle. Hulle kan selfs in die tronk beland."

"Ek besef dit, maar my vraag is hoekom het hulle my dan nie eerder die waarheid vertel nie. Dit is nou as hulle die waarheid ken."

"Wag jy maar geduldig, ek sal weer kom sodra ek die uitslae het. Hulle sal my nou verwag met 'n lasbrief, maar jy het my werk aansienlik makliker gemaak. Miskien sal jy nie eers nodig hê om daardie geveg aan te pak om hulle te vertel van jou beurs nie. As die toetse positief is met dié van die meisie, is jy vry om te gaan sonder hulle toestemming. Terloops, ek het nie vir jou ouers genoem nie, maar die meisie is net so begaafd soos jy in die tjello…"

Hy sien die opgewondenheid op die jongman se gesig, maar voor dié nog verder vrae kan vra, groet hy en vertrek.

Kan dit wees? Kan dit wees dat ek een van 'n tweeling is en 'n suster het wat dieselfde talent as ek in die tjello het? Waar is ons ouers dan? Waar het sy grootgeword? Hoe is ons geskei? Tyron, stop! Stop dit net. Dit kan seker nie moontlik wees nie, want hulle sal tog daardie tyd ook so 'n DNA-toets gedoen het toe hulle my gevind het. Wag eers voor jy nou met alles weghardloop.

James skakel dadelik vir Kevin Woods om hom te laat weet dat hy 'n haar-monster van Tyron het.

"Jy sê sy ouers het geweier? Klink my die jongman is ook vrek intelligent."

"Ja, Kevin, hy is. En het ook al 'n vermoede gehad nadat sy moeder hom so afgejak het toe hy oor sy verdwyning en terug-vind wou praat. Ek sê vir jou daardie vrou het vir my net te heftig reageer. Ek dink adjudant Bristol se aanvoeling vyftien jaar terug was dalk reg. Ek stuur dadelik hierdie vir jou. Ek dink die meisie moet eerste weet. Haar grootmaakouers gaan natuurlik nie op en af spring van vreugde nie…"

"Nee, want hulle gaan tien teen een vir Kersfees in die tronk slaap," antwoord kaptein Kevin Woods. "Goeie werk, ou vriend. Hulle wag nog vir jou vir die lasbrief, dan verras jy hulle dalk met heel ander nuus. Ek praat met jou sodra ons die uitslae het. Siende dat hierdie deel van 'n ondersoek is, behoort ons dit binne 'n dag of drie te hê."

"Met ander woorde, teen volgende naweek behoort almal betrokke al reeds te weet. Uitstekend. Ek vermoed ons sit nou met 'n jongvrou en jongman wat angstig op die uitslae wag."

Kaptein Woods drafstap na adjudant Bristol se kantoor om hom in te lig oor die nuutste verwikkelinge.

"Kaptein Woods, kom binne. Jy lyk soos 'n skoolseun wat op sy eerste *date* gaan," lag hy.

"Adjudant, ek is opgewonde, ja. Lyk of ons op die punt van 'n deurbraak is om vas te stel of die seun in Reno haar tweelingboetie is. Kaptein Wright het so pas laat weet hy het die monster gekry vir die DNA-toets."

"Wat? Het Arlene Harris ingestem? Dan was ek seker verkeerd met my gevoel jare gelede."

"Nee, heel moontlik was u nie verkeerd nie. James het my vertel dat sy die een is wat dadelik geweier het, en later heel histeries was en hom weggejaag het."

Hy vertel aan die adjudant wat James hom vertel het hoe hy die monsters gekry het.

"Ek is beïndruk met die jongman se vindingrykheid. Nou ja, dan is die wag byna verby."

"Dit is en ek gaan nou eers vir Victoria daarvan in kennis stel. Ek dink sy sal uit haar vel wees."

"Hoe klink dit my dan jy het jou oog op die mooi welsynswerkstertjie, Kaptein?"

"Adjudant, jy is voorwaar 'n man wat deur 'n mens kyk, ja ek het."

"Hoekom nou eers?"

"Omdat ek onder die indruk was sy is getroud en toe vind ek uit sy is nie."

"Hel, maar dan is ek bly jy is 'n baie beter polisieman as wat jy 'n vryer is. Anders sou al die skuldiges weggekom het voor jy hulle kon vang," lag hy uit sy maag.

"Ai, Adjudant..." hy bloos bloedrooi, want stry kan hy nie.

"Laat ek liewer gaan, voor een of ander ou dalk haar voor my neus wegraap."

Ek sal maar 'n kans vat en hoop ek kry Victoria in haar kantoor. Dit is darem Vrydagmiddag.

Hy stap regdeur na haar kantoor en gaan staan in die deur. Sy hart versnel as hy sien sy is besig om op haar rekenaar te werk. Sy word nie dadelik van sy teenwoordigheid bewus nie. Hy kyk vir 'n wyle na die mooi vrou waarmee hy op soveel sake al saamgewerk het en nooit besef het sy is ongetroud nie. Daar kom lê 'n tevrede glimlag om sy mond en hy besluit om sy teenwoordigheid aan te kondig.

"Middag, Beeldskoon," groet hy met 'n ryk bariton stem.

Victoria kyk verras op en daar breek 'n glimlag om haar mond oop.

"Kevin, hoe lank staan jy al daar? Ek het jou glad nie gehoor nie."

"Lank genoeg om te weet dat jy baie hard werk en pragtig is."

"Jy gaan my laat bloos, stop dit en kom sit. Het jy vir my nuus oor Beth se broer?"

"Miskien, mag ek dan nie net kom koffie drink by jou nie?"

"Ek het mos gesê jy mag." Sy is nou onseker wat die aantreklike man se rede vir sy besoek is, maar baie bly dat hy hier is.

"Wel, dan is ek eerste hier om saam met jou koffie te drink en uit te vind hoe jou week was en daarna kan ons gesels oor Beth se saak. Is dit in orde so?"

"Heeltemal. Verskoon my dat ek vir ons gaan koffie haal."

Hy kyk haar agterna en berispe homself: "Kevin Woods, dat jy so dom kan wees om nie al lankal uit te gevind het dat sy ongetroud is nie. Kyk nou net hoeveel tyd het jy verspeel. Ek sal vinnig 'n plan moet maak om daarvoor op te maak."

131

Victoria het ook vlinders in haar maag. *Hoekom het ek nog nooit so na Kevin gekyk nie? Die man is vrek aantreklik en ons het al soveel sake saam hanteer. Dit is hoe dit gaan as mens met jou werk getroud is.*

"Ek hoop nie ek het jou te lank laat wag nie, Kevin. Ek kom ook nou eers agter hoe dors ek is en hoe laat dit al is."

"Nou is ek baie bly dat ek hier opgedaag het. Hoe was jou week?"

"Maar rof. Ek weet nie wat aangaan nie, dit is asof ouers nie meer hulle kinders liefhet en wil versorg nie. Hoekom kry hulle dan in die eerste plek kinders? Dit maak my mal om kinders so mishandel en geestelik verniel te sien, Kevin."

"Ai, dit is sleg. Ek het so pas 'n plan gekry. Ek dink wat jy nodig het is 'n aand om van alles te vergeet en net te ontspan. Kom ons gaan eet iewers en ontspan net lekker."

"Is jy ernstig?"

"Baie ernstig, Victoria. Sê asseblief net ja, toe," por hy haar aan.

"In daardie geval sal ek graag saam met jou gaan eet. Ek sal groot asseblief net wil gaan stort en iets gemakliker aantrek. Ek wil nou nie heel aand in 'n snyerspak wees nie."

"Jy kan dit doen. Gee my net jou adres en die tyd wat ek jou moet optel en ek kry jou by jou huis. Ek sal ook graag wil gaan stort."

"Het ek reg gehoor dat jy ook nuus het oor Beth se saak?"

"Jy het, noudat ek die vooruitsig het van 'n aand saam met jou, kom laat ek jou vertel."

Hy vertel haar van die vordering en dat hulle binnekort sal weet of die jongman in Reno Beth se broer is.

"Dit is die beste nuus. Ek gaan nie nou eers vir Marjorie daarvan vertel nie. Ek weet Beth skryf volgende week haar laaste vak, so ek hoop ons kry die uitslag voor dan."

"Ons sal dit vroeg in volgende week kry. Dan kan ons besluit wat die beste tyd is om dit aan haar te gaan vertel. Sal jy dit eers aan haar wil vertel en dat ons daarna na haar ouers gaan?"

"Miskien, dat sy net voorbereid kan wees op wat gaan gebeur as ons by die Millners opdaag."

"Reg, nou is dit klaar vir die week. Ek sien jou oor 'n uur. Dan gaan ons nie een woord oor ons sake praat nie, belowe."

"Ek belowe. Sien jou, Kevin."

Wanneer Kevin vir Victoria by haar huis optel, sien hy haar vir die eerste maal in al die jare wat hy haar ken in ontspanningsdrag. Sy het 'n denimbroek wat knus om haar lyf pas aan en 'n moulose wit hempie wat haar skouers ten toon stel. Sy lyk verruklik vir hom.

"Victoria, jy lyk pragtig. Heel anders as in jou kantoorklere."

"Dankie, jy lyk self goed in daardie denim. Jy lyk sowaar soveel jonger as in jou formele klere."

"Dan is ek dankbaar, want my metgesel lyk niks ouer as een en twintig nie. Netnou dink die mense die ouman is heel stuitig om so 'n mooi jongvrou aan sy arm te kan hê," terg hy goedig.

"Jy is laf. Ek vermoed ons is dalk baie na aan ewe oud."

"Ek het hierdie jaar vyf en dertig geword. Ek mag seker nie vra hoe oud jy is nie."

"Nee, ek is glad nie skaam of gevoelig oor my ouderdom nie. Ek is drie en dertig."

133

"Dit vertel my net hoe vrotsig die mans van ons stad is. Dat 'n mooi vrou soos jy nog vry rondloop op drie en dertig. Gelukkig kla ek nie, want hier is ek nou. Dit het my 'n tydjie geneem, maar liewer laat as nooit."

"Kevin, regtig. Ek is net 'n dood gewone, vaal welsynswerkstertjie."

"Dood gewoon en vaal ... *nope,* nie twee byvoeglike naamwoorde wat in dieselfde sin hoort as jou naam nie. Terwyl ons op die onderwerp is, ek weet ons is nog nie eers by die eetplek nie, maar kan ek jou asseblief weer na vanaand sien?"

"Ja, beslis kan jy, Kevin."

Hy neem haar hand en plant 'n soen daarop. Sy voel hoe haar hart by haar borskas wil uitklim.

Kevin Woods, stel in my belang as vrou ... hoe het ons mekaar die afgelope jare nie raakgesien nie?

Hoofstuk 11

"Beth, sjoe is ek bly ek kry jou voor jy huis toe gaan," groet Marjorie.

"Juffrou Wallis, goed om u te sien. Ja, nou is daar nog net een vak, dan is ek klaar en moet ek my ouers vertel van my beurs en planne vir my toekoms. As Juffrou iets soos 'n aardbewing hoor wat deur San Francisco trek, weet dit is dit. Gelukkig verwag Megan my enige tyd van die dag of nag."

"Ek is bly om te hoor dat jy 'n plan het. Dit is juis hoekom ek jou soek. Sal jy sodra jy oormôre klaar geskryf het, na my kamer toe kom. Ons sal daar vir jou wag."

"Ons?"

"Ja, meneer Krige, ek, Victoria Cox en kaptein Woods."

"Beteken dit hulle het 'n leidraad gevind dat my ma en pa nie werklik my ma en pa is nie?"

"Moontlik, maar ek wil nie hê dit moet jou aandag van jou laaste vak af trek nie. Ons sien mekaar oormôre."

"Dankie, Juffrou ... ek sal daar wees."

Beth kyk op haar horlosie en sien daar is nog tyd. Haar ma sal haar eers oor 'n halfuur optel in die parkeerarea. Sy wag vir Megan. Dié maak gelukkig net na haar klaar en sy vind Beth voor die lokaal se deur.

"Hoe het jy geskryf, vriendin?" vra Megan.

"Goed, altyd goed. Luister gou, asseblief." Sy vertel haar van die afspraak wat sy oormôre het.

"Ek verstaan, so jy mag dalk enige tyd daardie aand by my opdaag."

"Ja, dit is presies so. Ek weet nie of ek benoud of opgewonde moet wees nie."

"Opgewonde, sou ek voorstel. Jy sal dan miskien weet wat jy lankal vermoed. Daar is net twee scenario's – óf jou ouers het jou broer verkoop, óf jy is nie hulle kind nie en hulle het jou werklik gekoop. Verdomp, ek kan nie eers my indink hoe dit moet voel om net daaraan te dink nie."

"Kom ek konsentreer nou eers op my laaste vak. Ek sal wel, so in die stilligheid, van my klere begin in 'n tas pak en bo in my kas versteek. Ek sê jou, my ma sal my doodmaak as dit bekend word dat ek navraag gedoen het."

"Daar sal die welsynswerkster en die polisieman wees, jy het niks om te vrees nie."

"Dankie vir jou ondersteuning. Wat ek daarsonder sou doen, weet ek nie. Natuurlik heel eerste: My Vader se beskerming en genade is sekerlik wat my deur die jare geduldig gehou het."

Hulle groet en stap elkeen alleen na hul moeders se voertuie.

Beth mag nie maats hê nie, so haar ouers is glad nie bewus van haar en Megan se vriendskap nie. *Dit is ook beter so. Nou dat alles miskien oopgevlek gaan word, is dit beter, dan sal ek veilig wees.*

Gedurende die laaste maand het sy nie vreeslik tyd met haar ouers spandeer nie. Gelukkig kan sy die eksamen as verskoning gebruik.

Die aand sit hulle na ete aan tafel as Duane van hulle vakansie praat: "Jy begin mos eers in Januarie werk, Beth."

"Ja, net na Nuwejaar," antwoord sy glad.

As hulle moet weet ek gaan glad nie eers werk nie, vermoor hulle my sekerlik. Dit is 'n geveg vir 'n ander dag, of dalk nie...

"Ons gaan sodra jy klaar eksamen geskryf het, bietjie weg met vakansie. Sal jy daarvan hou?"

"Ja, ek sal beslis. Ek is so gedaan van leer, maar dit is belangrik. Nog net een vak oor twee dae en dan is ek klaar met skool. Ek kan dit skaars glo."

"Die grootmenslewe is glad nie so glansryk as wat jy jou voorstel nie, Beth, en solank jy in ons huis woon, is jy onder ons reëls, onthou dit maar," maan Vivian.

"Dit is reg so, Mamma. Waarheen en wanneer gaan ons met vakansie, Pappa?"

"Ons gaan die dag nadat jy klaar geskryf het, en die waarheen sal jy maar moet wag en sien," antwoord Duane.

"Oor drie dae! Wow, dit gaan heerlik wees. Pappa sal my moet vertel waarheen, want ek moet tog sekerlik begin inpak. Hoe is die klimaat, watter tipe aktiwiteite gaan ons doen, wat gaan ons alles sien?"

Beth werk met 'n plan, gedagtig aan die uitkoms van die vergadering met Victoria en Kaptein Woods.

"Jou pa het mos gesê dit is 'n verrassing! Hoekom karring jy nog, Beth?" vra Vivian nukkerig.

"Mamma, ek het mos verduidelik hoekom ek graag wil weet of ten minste net 'n leidraad wil hê. Dit is nie iets om oor kwaad te word nie."

"Jy karring altyd! Wil nooit net aanvaar wat ons vir jou wil doen nie. Mens sou sweer jy is die koningin wat moet spesiaal beplan wat jy gaan aantrek. Dit is winter daar soos dit hier is, so jy kan dieselfde klere pak wat jy nou dra," antwoord sy kortaf.

Sy spring vererg van die tafel af op en storm by die trap op. Dit is presies net wat Beth wou gehad het, sy weet haar pa sal haar vertel.

"Pappa, het ek nou iets verkeerd gedoen? Hoekom is Mamma so ontsteld?"

"Nee, jy het niks verkeerd gedoen nie, my kind. Sy is maar deesdae so kort van draad. Terwyl sy nou weg is, kom

137

ek vertel jou waarheen ons gaan, maar dan moet jy net verras optree as ons daar aankom."

"Ek sal, Pappa. Waarheen?" vra sy opgewonde.

"Ons gaan Switserland toe. So bietjie ski."

"Dit gaan fantasties wees. Ek kan nie wag nie. Ek sal moet begin pak. Ek sal nie 'n woord rep dat ek weet nie. Dankie Pappa."

As sy maar net weet, sy gaan nie eers begin by daardie simpel werk nie. Ek wens ons kon haar hier agterlaat en nuut begin. Kom laat ek seker maak dat die kaartjies en ons paspoorte in my handsak is.

Vivian Millner het oor die jare 'n jaloesie op haar dogter ontwikkel en nadat sy hulle gevra het of sy werklik hulle dogter is, net nog meer.

Dit alles werk honderd persent in Beth se guns, nou kan sy openlik 'n tas begin pak en hulle sal niks daarvan dink nie.

Switserland, hoekom moet ons so ver gaan om te gaan ski? Ons kan mos net hier by Lake Tahoe gaan ski. Laat ek my nie daaroor kwel nie, miskien sit ek nie eers my voet op die vliegtuig nie. Miskien het ek oor twee dae heeltemal 'n nuwe familie. Ek sal vir Pappa mis, maar vir haar sal ek nie mis nie. Sy het net onmoontlik geraak die laaste jare. Min besef sy nie dit is juis dit wat my laat wonder het en tot aksie gedwing het.

In Reno wonder die Harrisse hoekom kaptein Wright nie teruggekom het vir die monster nie.

"Wat dink jy kon gebeur het dat hy nie met 'n lasbrief teruggekom het vir die monster nie, Tony?" vra Arlene.

"Hulle het seker maar besef hulle is heeltemal belaglik, my vrou. Hoekom wil hulle nou na al die jare 'n DNA-toets doen van ons seun. Ek besef daardie tyd was daar nie sulke gevorderde metodes nie, maar hy het tog dieselfde bloedgroep as ek."

"Ja, jy is seker reg. Gelukkig weet Tyron niks van die voorval nie. Dit sal hom net onnodig laat wonder het wat nou aangaan."

"Jy weet, Arlene, hulle doen maar ook net hulle werk. Hy het gepraat van 'n meisie wat haar tweelingbroer soek en niks daarvan dat sy haar ouers soek of hulle haar ouers soek nie. Die wêreld is onderstebo, my vrou. Hoe sou haar boetie op die hawe beland het en hoekom? Hoekom is hulle geskei, en waar is hulle ouers? Dit klink vir my na 'n regte nagmerrie waarmee hulle sit."

"Ja, dit het nie net met ons gebeur nie, dit gebeur met so baie mense. Ons was bitterlik gelukkig om vir Tyron terug te vind."

"Ek is net dankbaar ons het. Ons het oulike seuns. Die een sportmal en die ander een heeltemal gek oor sy tjello. Ek dink as hy kon, sou hy met hom slaap."

"Ja, dit is tog net malligheid. Wat kan musiek hom nou in die sak bring. Dit is reg dat hy vir sy B.Com gaan studeer, dat hy ten minste 'n graad het waarmee hy 'n beroep kan volg. Hierdie musiek nonsens kan hy maar van vergeet."

"Ek dink hy is nou bietjie verveeld, maar gelukkig is dit net nog 'n paar dae, dan begin my verlof ook en kan ons hulle elke dag uitneem om iets te doen. Miskien moet ons sommer heel eerste hulle Tahoe toe neem. Ons was lanklaas daar," stel Tony voor.

"Dit sal lekker wees. Ek onthou nog die tyd toe ons daarheen gegaan het na sy verdwyning. Dit was soos voedsel vir my siel."

"Dink jy nie ons moes hom tog maar vertel het van daardie hele episode nie. Dit sal hom dalk beter laat verstaan hoekom ons so beskermend is oor hom."

"Nee, hy hoef nie te weet nie. Hy het eendag die uitknipsels gesien en my gevra. Ek het hom net weggestuur en gesê ek wil nie daaroor praat nie."

"Arlene, ek dink dit was verkeerd. Hoekom het jy my nooit daarvan vertel nie?"

"Omdat dit afgehandel is."

"Dink jy 'n kind soos hy sal so maklik daarvan vergeet? Ek dink nie so nie. Dit was nou werklik nie 'n goeie besluit nie."

"Dit is al jare gelede, hy het nooit weer daaroor gepraat nie."

"Dan hoop ek maar hy het dit werklik agter hom gesit."

Tyron op sy beurt wonder wanneer die Kaptein hulle weer 'n besoek gaan bring. *Ek hoop net dit is voor Pappa se vakansie begin, want dan gaan hy ons nooit by die huis kry nie. Ek wonder of die meisie seker is dat sy nie haar ouers se kind is nie. Dit moet erg wees. As sy weet, hoe het sy uitgevind, en is sy seker, of spekuleer sy net. Ek het nooit gewonder nie, want ek is dan volgens my ma gevind nadat ek gesteel was. Maar vandat die kaptein hier was, brand dit in my om te weet. As ek nie my ouers se kind is nie, weet hulle dit of weet hulle dit ook nie? As hulle dit nie weet nie, kan die polisie hulle mos nie in hegtenis neem nie. Ek is lief vir hulle en hoe dit ook al uitdraai, hulle het my grootgemaak en is ook lief vir my, al verskil ons soms.*

Beth is op pad na Marjorie se klas toe. Daar borrel 'n opgewondenheid binne haar, en sy hoop nie die nuus wat sy gaan kry gaan haar teleurstel nie.

In Marjorie se klas staan kaptein Woods, Victoria, John Krige en sy self en wag vir Beth. Marjorie en John is in net soveel afwagting as Beth, want Kevin en Victoria het besluit om nie vir hulle die uitslag te gee voor hulle dit nie met Beth gedeel het nie.

"Sy behoort nou enige oomblik hier te wees," laat Marjorie hoor.

"Jammer dat ons julle nou moet laat wag, maar ons dink net nie dit sal regverdig wees teenoor haar dat julle voor haar moet weet nie," verduidelik Victoria.

Kevin glimlag net vir haar, want hy weet sy is alweer net besorg oor die ander se gevoelens.

Ek is seker sy het 'n hart van sjokolademousse. Dit is so lekker om te weet dat sy my meisie is. Ek kan nog nie oor dit kom dat sy al die tyd reg voor my was nie. Dit het gelukkig nou verander. Ek is nie seker wie van ons twee die verliefste is nie. Dit is net wonderlik.

"Ons verstaan dit en sal dit nie enige ander manier wou doen nie. Ek hoop en bid net julle het goeie nuus vir haar. Die kind het al so baie baklei om net haar passie te kan leef. Haar ouers sal haar nog meer hel gee as hulle moet weet sy gaan studeer musiek. Haar ma is veral die een wat die moeilikheid maak. Ek dink sy is selfs in staat om Beth toe te sluit dat sy nie kan gaan nie," laat John Krige hoor.

"Is dit werklik so erg?" vra Victoria verbaas.

"Ja, sy het maar 'n baie skerp mond en dit klink my sy is jaloers op Beth en haar pa se goeie verhouding. Hy is die sagter een," beaam Marjorie.

Net toe klop Beth aan die deur.

"Kom binne, Beth, ons wag almal vir jou. Hoe het dit met die laaste vak gegaan?" vra Marjorie om die ys te breek.

"Middag almal, dit het goed gegaan, Juffrou. Ek kan nie glo ek is nou amptelik klaar met skool nie. Nou moet ek net nog vir my ouers vertel ek gaan musiek studeer."

"Kan ons almal sit, ek dink Beth brand al om te hoor of ons iets kon vind op haar navraag," praat Victoria eerste.

Almal gaan sit om die tafel. John laat sit vir Beth tussen hom en Marjorie dat sy veilig kan voel.

"Laat ons nie verder tyd mors nie. Hier is wat ons uitgevind het. Beth, jou ouers was Gene en Vicky King. Hulle was dwelmverslaafdes en is albei ongelukkig al oorlede. Dit is die slegte nuus. Die goeie nuus is dat jy 'n tweelingbroer het," lig kaptein Woods haar in.

"Werklik, het ek werklik 'n tweelingbroer. Waar is hy? By wie het hy dan grootgeword?" vra sy opgewonde.

"Hy is deur 'n egpaar in Reno grootgemaak as hulle eie. Hulle babaseuntjie is gesteel minder as vier en twintig uur na sy geboorte. Twee jaar later het ons kollegas by die FBI jou boetie op die hawe hier in San Francisco gevind en omdat niemand die seuntjie opgeëis het na vele nuusberigte nie, het hulle gedink dit kan dalk die baba wees van die mense. Hulle het hom positief identifiseer, want daardie jare was daar nog nie goed soos DNA-toetse nie. Hoe hy op die hawe beland het en hoe julle geskei is en jy by jou ouers beland het, weet ons nog nie, maar dit sal ons sekerlik binnekort uitvind."

"Weet hy dat hy nie sy ouers se kind is nie?"

"Hy het tot onlangs niks vermoed nie. Hy het egter die gesprek gehoor wat my kollega daar met sy ouers gehad het. Sy ouers het geweier dat ons DNA-monsters van hom neem. Hy het toe self sonder hulle medewete vir my kollega 'n monster laat kry. Hy sal ook vandag uitvind dat hy 'n suster het en sy ouers dat hy nie hulle seun is nie."

"Hierdie voel soos 'n droom. Die nuus oor my ouers strook dan ook met wat my ma gesê het. Dus moet dit waar wees dat hulle my gekoop het. Hoekom het hulle nie my broer ook gevat nie? Dit is ook nie nou belangrik nie ... wanneer gaan julle met my ouers praat?"

"Sal hulle later vandag tuis wees?" vra Victoria.

"Ja, dit is juis wat ek wil sê, ons sou môre Switserland toe gevlieg het met vakansie. Hulle is nog net vandag hier."

"Met vakansie, Switserland toe?" vra Kevin Woods, dadelik agterdogtig.

"Ja, Kaptein. Hulle het my seker drie dae gelede vertel ons gaan met vakansie Switserland toe," antwoord Beth.

"Victoria, dink jy wat ek dink?" vra hy.

"Ek dink beslis wat jy dink. Ons is net betyds."

"Wat is dit?" vra Beth wat merk dat hulle albei haastig lyk.

"Ons vermoed dat jou ouers nie net met vakansie Switserland toe op pad is nie. Hulle vlug met jou na 'n land waar die gereg hulle nie sal kan kry nie," spreek Kevin hulle vermoede uit.

"Ek gaan nêrens nie, ek gaan studeer vir my graad!" antwoord Beth nou duidelik ontsteld.

"Toemaar Beth, jy gaan nou soos altyd huis toe en jy pak jou tas, want julle gaan mos môre met vakansie. Ons sal dan iewers deur die namiddag daar opdaag. Jy hoef nêrens te gaan nie. Alles sal teen vanmiddag oor wees. Daarna sal die hofsaak volg, waarby jy ook nie teenwoordig hoef te wees nie. Victoria sal vir jou instaan. As ons eers met jou ouers afgereken het vandag, sal ons sorg dat jy en jou broer mekaar ontmoet. Sy ouers noem hom Tyron. Julle werklike name is eintlik Clyde en Tracey King. Julle kan maar self later besluit watter name en vanne julle wil gebruik."

"Miskien kan jy sorg dat jy die voordeur oopmaak, as ons daar kom. Dan is jy mos daar as een van jou ouers kom navraag doen wie by die deur is," stel Victoria voor.

"Ek sal so maak. Ek het reeds my tasse gepak net nadat my pa my vertel het ons gaan Switserland toe. Toe het ek mos 'n verskoning gehad om dit openlik te doen. My vriendin, Megan, weet ook dat ek dalk al vandag daar by haar gaan opdaag."

"Goed, nou moet jy jou beste toneelspel uitruk, Meisiekind. Jou hele toekoms hang daarvan af. Ek en juffrou Marjorie sal vir jou by Megan kom kuier dan kan ons lekker gesels oor wat alles gebeur het. As jy enigiets nodig het, enigiets, dan bel jy my net, belowe," por John Krige haar aan.

Ek is so bly dat hulle haar broer gevind het. Tog moet daar duisende emosies deur haar gaan, die mense het haar immers grootgemaak.

"Dankie meneer Krige en juffrou Wallis. as dit nie vir julle was nie, weet ek nie wat van my sou geword het nie. Ek sou nooit my droom kon volg nie en ook nie geweet het waar om te begin soek na my familie nie. Baie, baie dankie vir julle ondersteuning. juffrou Cox, en Kaptein, ek wag vir julle. Daar is nou so baie dinge vir my duidelik, maar ek wil nie nou eers aan dit dink nie, ek wil nou eers net hierdie dag agter die rug kry."

"Ons sal jou nie te lank laat wag nie, ons besef dit moet baie moeilik vir jou wees. Staan net sterk nog vir so 'n uur of wat, dan is ons by jou en is jy nie meer alleen nie," bemoedig Victoria haar.

Beth kyk op haar horlosie en staan op. Marjorie Wallis staan ook op. Beth groet en Marjorie stap saam met haar na die deur. Daar gee sy die meisie 'n drukkie.

"Beth, ek is so bly dat hulle jou broer gevind het. Ek weet alles is nou vir jou oorweldigend, maar onthou meneer Krige en ek sal nog altyd daar wees vir jou. Ons sal saam met jou gaan as jy nie alleen wil gaan om jou broer te ontmoet nie. Onthou, jy het vir ons."

"Baie dankie, Juffrou, julle het alreeds so baie vir my gedoen, ek waardeer dit. Laat ek draf, my ma hou nie daarvan om te wag nie. Sy sal nou-nou hier wees. Ek wil net die middag verby kry."

"Dit is reg, ons sien mekaar binnekort. Ons is nog hier by die skool vir die volgende twee weke. Na vandag sal jy seker meer vryelik kan beweeg."

"Juffrou is reg, ek gaan eers."

Sy draf met die gang af. Marjorie is bly vir haar oor die nuus, maar voel ook vir haar jammer oor alles wat nou gaan gebeur.

"Sjoe, julle, dit is wonderlike nuus, ek is bly vir haar, maar tog voel ek ook vir haar jammer," kondig Marjorie aan as sy by die ander aansluit.

"Ja, dit is 'n hele mondvol vir 'n kind van sewentien om te hanteer. Om te hoor dat jou vermoede reg is dat jy gekoop is, jy 'n tweelingbroer het en jou ouers oorlede is," stem Victoria saam.

"Ek dink ons moet so gou as moontlik by die Millners se huis uitkom. Beth, of dan nou Tracey, sal sekerlik rustiger raak as ons eers daar is. Ek is baie seker dat haar ouers van plan was om te vlug en haar saam te neem," meen Kevin.

"Ek dink jy is reg. Kom ons gaan, dat die kind kan tot rus kom. Marjorie en John, ons sal weer met julle gesels. Ons sal moet bymekaar kom dat ons julle die volle verhaal kan vertel as ons eers met albei egpare gepraat het. Daar is nog groot leemtes waaroor ek nie kan wag om te hoor wat daar gebeur het nie," reageer Victoria.

Hulle groet die twee onderwysers en vertrek.

"Ek wonder hoe gaan dit daar in Reno, of James al met die Harrisse gaan praat het."

"Kevin, my hart gaan uit na hierdie kinders. Dit is vir hulle 'n vreugdevolle dag omdat hulle vandag hoor hulle het nog 'n broer en suster, maar ook hartseer. Hulle moet nou die omstandighede verwerk waardeur hulle geskei is.

Dan is die daar nog die feit dat hulle tog vir hierdie mense lief is en wat nou?"

"My meisiekind, jy is reg. Tog is dit vir die beter. Nou sal hulle albei hulle drome kan volg en kan jy glo dat hulle albei tjelliste is, hulle weet dit nog nie eers nie. Ek dink 'n goeie tyd om na die Millners se huis te gaan is so oor 'n uur, dan is dit drie uur en behoort hulle besig te wees om te pak vir hulle beplande vakansie. Ek sal, as jy nie omgee nie, sommer daar van jou kantoor af gou vir adjudant Bristol bel om te verneem of hy al van James gehoor het."

"Ek gee geensins om nie. Ek dink ons het sterk koffie nodig vir dit wat voorlê. Die Millners, veral mevrou Millner, gaan beslis nie sonder 'n geveg ons laat wegkom nie."

"Ek dink jy is heeltemal reg, sy klink nogal soos 'n regte viswyf."

Vivian en Beth het pas by die huis gekom en Duane wag vir hulle om gou iets te eet.

"So jy is nou klaar met skool, my meisiekind? Hoe voel dit?" vra hy terwyl hy vir Beth 'n drukkie gee.

"Pappa, die gewaarwording moet nog insink. Sjoe, ek is nogal honger."

"Kom ons eet dan, ek wil nog gaan klaar pak," antwoord Vivian.

Ek wil nou net hier wegkom, dan sal ek seker weer my man vir myself kan hê.

Hulle eet en Beth bied aan om die kombuis op te ruim omdat sy naby die voordeur wil wees.

"Het jy dan al klaar gepak, Beth?" vra Duane.

"Nee, Pappa, maar ek is byna klaar. Ek is so opgewonde oor ons vakansie. Mamma het nie so baie tyd soos ek gehad om te pak nie, so sy kan maar gaan pak."

146

"Reg so, ek gaan 'n paar dinge daar by die swembad doen om seker te maak alles is in orde terwyl ons weg is."

Hy gaan by die kombuisdeur uit na die swembad wat langs die huis is. Vivian het reeds na hulle kamer wat in die gang af op die onderste vlak is, toe verdwyn. Daar loop 'n deur uit hulle kamer, wat op die oomblik toe is, op die swembad uit.

Wat vat ek en wat los ek. Ek het net twee tasse wat ek kan pak. Laat ek begin. Duane kan sy eie klere kom pak.

Beth is net besig om die skottelgoed weg te pak, as Duane inkom van buite.

"Dit is verdeksels koud, ek het al weer lus vir koffie."

"Sal ek vir ons maak, Pappa?"

"Nee, maak jy klaar ek sal vir ons maak voor jou ma agterkom ek is klaar buite en my roep om te gaan pak."

Beth is pas klaar met die wegpak van die eetgerei en Duane het pas die water in die moer gegooi as die deurklokkie lui.

"Ek sal gaan, Pappa, maak jy maar hier klaar." Haar maag maak 'n wilde draai, maar tog is sy ook verlig.

"Dit is seker weer een of ander smous, roep my as jy hulp nodig het om van hulle ontslae te raak."

"Reg so, Pappa."

Sy loer deur die veiligheidsogie net om seker te maak dit is wie sy dink dit is. Toe sy sien dit is kaptein Wood en Victoria, maak sy die deur oop, staan opsy en laat hulle in. Sy wys hulle moet deurgaan na die sitkamer wat 'n oopplan vertrek is, net na regs.

Vir wie ook al luister se ore, vra Kevin dat sy haar ouers moet roep.

"Ek maak so, Meneer."

Sy besluit om eerste haar pa te roep, omdat hy naaste is in die kombuis. Hy kan maar haar ma gaan roep, voel sy.

"Pappa, daar is 'n man en dame wat vir jou soek in die sitkamer."

"Ek kom." Hy stap voor haar uit sitkamer toe.

"Goeiemiddag, Duane Millner, hoe kan ek help?"

"Meneer Millner, hierdie is Victoria Cox van die Welsyn en ek is kaptein Woods van die polisie. Ons sal graag vir u en u vrou 'n paar vrae wil vra aangaande u dogter. Miskien moet u eers u vrou ook gaan roep," stel Kevin hulle voor en sien dadelik dat die man hom asvaal geskrik het.

"Ons dogter? Maar wat van haar?" vra Duane, maar intussen werk sy brein oortyd.

"Ek stel voor u gaan roep vir mevrou Millner, dan gesels ons lekker," beaam Victoria Kevin se versoek.

Duane Millner verskoon homself, en dwing homself om stadig die vertrek te verlaat, al wil hy hardloop. Die minuut wat hy uit is, wink Victoria vir Beth nader.

"Kom, kom staan hier by my. Alles is nou-nou verby. Jy het niks meer om te vrees nie."

Duane se laaste drie treë is dubbele maat.

"Vivian, kry jou handsak, ons moet dadelik vlug. Hulle is hier om oor Beth te praat. Kom, daar is nie tyd nie. Voor hulle agterkom ons is weg, moet ons al halfpad lughawe toe wees."

"Wat gaan aan? Wie?"

"Kom net vroumens, gryp jou handsak. Die kaartjies en jou motorsleutels is mos daarin."

"Ja..."

Vivian besef meteens wat Duane vir haar probeer sê. Sy gryp haar sak, en hulle pyl saam op die deur na die swembad toe af. Draf om die huis tot voor die motorhuis waar haar Volvo staan. Spring in en beweeg so sag moontlik uit die oprit af tot in die straat. Daar trap Duane die petrolpedaal diep in en hulle jaag weg.

"Wat de hel gaan aan, wat van Beth?" vra Vivian, nog nie seker wat presies gebeur het nie.

"Daar is 'n polisie kaptein en 'n welsynswerkster in die sitkamer. Hulle wil oor Beth met ons praat. Dink jy ek is onnosel, ons moet so gou moontlik weg kom."

"Verdeksels, hoe het hulle uitgevind? Dit is seker daardie klein ondankbare parmant wat jy so bederf het wat gaan rond-krap het."

"Dit is nie nou belangrik hoe hulle weet of wat hulle weet nie, ons moet nou net wegkom. Verder is dit dalk glad nie sy nie, maar haar broer het dalk na haar begin soek, hoe weet ons."

"Ek sê jou dit is sy. Jy wil haar mos so bederf het, kyk, nou het sy ons verraai."

"Sy sal dit ook nie kon doen as jy haar nie so verskree het met al die inligting wat sy nie eers van bewus was nie. Jy het haar bewus gemaak daarvan en gedink sy is so dom om ons leuens vir soetkoek op te eet."

"Ry, Duane, ek gaan sit nie in die tronk vir daardie meisiekind nie, sy het reeds al vir vyftien jaar my aandag van my man gesteel."

"Vivian, jy maak my regtig siek. Jy praat nie weer so van Beth nie. Sy bly ons dogter. Ons het gekies om haar te koop en dit is nie haar skuld dat dinge daardie dag op die hawe verkeerd gegaan het en ons net vir haar kon gryp en vlug nie. Nou het die verlede met ons opgevang en jy weet sekerlik self dat kinderhandel nie 'n ligtelike oortreding is nie. Maak nie saak of ons haar gekoop het om haar van daardie gemors te red nie. Ons het haar steeds onwettig gekoop en nie aangeneem nie."

"Iets is nie pluis nie, Victoria. Die man bly te lank weg."

Voor Victoria kan reageer, begin hardloop Beth die gang af en Kevin volg haar. Hy weet instinktief sy is op pad na haar ouers se kamer om te gaan kyk of hy reg is. Aan die onderpunt van die gang stop sy dood voor hom in die kamer deur.

"Kaptein, hulle is weg! Hulle is by die deur na die swembad uit."

"Dammit! Ek moes nie gesê het wie ons werklik is nie. Jou pa het dadelik besef hulle is in die moeilikheid. Ek het jou mos gesê hulle vlug eintlik Switserland toe. Waar is julle telefoon, asseblief?"

"Net daar in die sitkamer, Kaptein."

Sy draai verslae om en hardloop terug sitkamer toe om vir hom te wys. Hy skakel dadelik vir adjudant Bristol.

"Adjudant, die Millners het snuf in die neus gekry en is vermoedelik op pad lughawe toe. Hulle het vlugkaartjies vir Switserland, hulle sou môre blykbaar met vakansie daarheen vertrek het. Stuur dadelik manne uit om hulle te probeer keer. Hulle is om en by tien minute gelede hier weg."

"Ek maak so. Ek sal die besonderhede by jou kry as jy terug is in die kantoor. Is die meisie veilig?"

"Ja, sy was by ons in die sitkamer toe die pa die ma kamma gaan roep het en toe by 'n ander deur uit gevlug het."

Victoria staan verstom dat hierdie mense sowaar hulle dogter net so agtergelaat het en gevlug het om hulle eie basse te probeer red.

"Hulle het my sowaar net hier gelos! Ek is nog die hele tyd bekommerd oor wat met hulle gaan gebeur, maar hier kan hulle my net so los en vlug. Nie dat ek saam met hulle wil gaan nie, maar net die idee," reageer Beth verslae.

"Beth, meisiekind, rustig. Jy moet onthou hulle weet dat hulle jou onwettig in die hande gekry het, en hulle weet sekerlik dat die straf daarvoor baie swaar is. Gelukkig is jy veilig, ons sal jou na jou vriendin neem sodra kaptein Woods klaar is met adjudant Bristol."

"Maar Juffrou, ek is geskok dat hulle selfs hulle huis en alles net so los! Hulle sal tog nie weer kan terugkom hierheen nie."

"Nee, want ons sal die huis bewaak om seker te maak hulle kan nie terug kom nie. Moet jy jou nie oor die dinge bekommer nie. Dink net daaraan dat jy nou uiteindelik sal vry wees om ook soos elke ander tiener in die winkelsentrum te gaan loop, of te gaan fliek, of selfs 'n opvoering by die teater te gaan sien. Nog beter, om self in die teater te kan speel."

"Dit sal 'n rukkie neem om in te sink. Ek is so gewoond daaraan dat ek net saam met my ma of pa mag beweeg. Hulle weet nie eers van Megan nie, omdat ek nie vriendinne mag hê nie."

Kevin Woods het klaar seker gemaak dat sy kollegas hulle gaan probeer keer om weg te kom.

"Beth, is jy gereed om te gaan? Ek dink dit sal goed wees vir jou om hier weg te kom. Ons sal die huis sluit, en as jy in die dae wat volg nog van jou goed wil kom haal, kan jy net praat. Die situasie het nou heel anders uitgedraai as wat ons te wagte was."

"Ten minste hoef ek nie nog 'n maal na my ma se histerie te luister nie. Glo my, sy sal julle teenwoordigheid nie ontsien het nie, en sy sou my uitmekaar getrek het met daardie giftige tong van haar. Ek is geskok, maar tog ook dankbaar. Dit sal 'n rukkie neem om al die dinge te verwerk, maar nou is my ontmoeting met my broer my dryfveer."

"Jy is 'n regte klein vegtertjie. Kom ons gaan help jou met jou tasse, dat jy tot rus kan kom. Hierdie was 'n lang en emosionele dag. Môre kan dit net beter gaan. Jou ouers kan jy in kaptein Woods se hande los, hulle weet wat om te doen," stel Victoria haar gerus.

Hulle stap saam met haar die trappe op. Sy maak haar tasse toe en neem haar rugsak waarin haar persoonlike dokumente en beursinligting is en haar nuttassie. Kevin neem haar tasse.

"Ek sal dalk nog van my somerklere wil kom kry, ek het net soveel as moontlik van my winterklere gepak."

"Is jou tjello en musiekboeke by meneer Kriger," vra Victoria.

"Ja, Juffrou. Hulle weet niks daarvan nie. Ek sal dit by Meneer kry as ek hulle gaan sien oor 'n paar dae. Nou moet ek eers net alles probeer verwerk."

"Dit is reg so, jy weet jy kan my net bel, en ek sal na jou toe kom. Jy moet praat, anders sal die dinge jou siek maak."

"Kan ons dan gaan? Victoria, sal jy haar bring om haar ander goedjies te kom haal, asseblief? Jy kan net die sleutel by my kry wanneer sy gereed is."

"Sekerlik sal ek dit doen."

"Ons kan maar gaan, Kaptein, en baie, baie dankie vir wat julle vir my gedoen het. Ek is nou moeg, maar tog opgewonde oor hierdie nuwe hoofstuk in my lewe. My Vader het my voorwaar geseën met mense wat my so bystaan."

Hulle vertrek na Megan se huis. Wanneer sy die klokkie druk, antwoord Megan self die deur.

"Vriendin, jy is hier en jy is okei!" Megan omhels haar en druk haar vas sonder om haar eers aan die Kevin en Victoria te steur.

"Ek is … Megan. Dit is juffrou Victoria Cox van die welsyn en kaptein Wood van die polisie."

"Aangenaam om julle te ontmoet en baie dankie dat julle my vriendin haar vryheid gegee het. Kom ek neem die tasse. Wil julle inkom?"

"Nee, ons weet dat Beth nou veilig is, so ons moet dringend gaan. Sy sal ons skakel wanneer sy ons weer nodig het. Vanaand dink ek het sy net baie liefde en 'n simpatieke oor nodig na hierdie dag."

"Reg so, juffrou Victoria. Dit sal sy beslis hier vind. Dankie nogmaals. Ons sien dan binnekort weer."

Kevin en Victoria druk albei vir Beth en vertrek haastig.

Hoofstuk 12

In Reno het kaptein James Wright pas aan die deur van die Harris-woning geklop. Glenn maak die deur oop. Hy onthou dat die man voorheen hier was, en maak dus niks daarvan dat hy weer hier is nie. "Middag, jongman, is jou ouers tuis? Ek sal hulle graag wil spreek, asseblief."

"Ja, Meneer, hulle is. Kom gerus binne." Glenn neem hom deur na die televisiekamer waar die hele gesin is.

"Middag, meneer en mevrou Harris, Tyron," groet hy. Hy kan nie help om die afwagting op Tyron se gesig en die irritasie op Arlene Harris se gesig te sien nie.

"Middag, kaptein Wright. Tyron en Glenn, gaan na julle kamers, asseblief," beveel Arlene.

"Nee, mevrou Wright, Tyron moet bly. My besoek hou direk verband met hom," keer James haar.

Glenn verstaan nou glad nie. Sy moeder het die man as Kaptein aangespreek en nou wil die man met sy ouboet praat. Hy huiwer egter nie en draf met die trap op na sy kamer.

Wat sal dit wees? Wat wil die man met Pappa, Mamma en Tyron bespreek.

Tony besef dit sal nie help om te baklei nie, want hy weet nie eers waaroor hy moet baklei nie. Hy laat Arlene dus maar begaan.

"Wat soek jy hier? Hoekom los julle nie ons en ons seun net uit nie?" val Arlene dadelik aan.

James is egter gereed vir haar. "Mevrou Harris, jy kan hierdie vir jouself baie moeilik maak, of jy kan na my luister. Jou gedrag van ons laaste paar ontmoetings verklap baie meer as wat jy blykbaar besef. Jy moet nie vergeet dat ek al vir baie lank die pad met julle stap nie."

Arlene besef dat die man dalk meer weet as wat sy besef het en hy haar eintlik wil help om haarself nie verder in die moeilikheid te bring nie.

"Reg, ek sal luister."

Tyron gee innerlik 'n sug, want hy besef dat kaptein Wright nou sy ma se aandag het en dat sy kalmeer het.

"Kaptein, miskien moet jy ons vertel wat jy van ons seun wil hê, want ek is nou heel verward," praat Tony vir die eerste maal.

"Dit is my plan. Kom ons begin vyftien jaar gelede toe ons julle gekontak het oor Tyron. Daardie tyd was daar nog nie DNA-toetse en al die fênsie goed om te kon bepaal of hy werklik julle seuntjie was wat gesteel was nie. Ons het wel bloedtoetse gedoen en syne is dieselfde as Tony s'n. Daarna het ons hom na julle gebring en jy Arlene het hom dadelik uitgeken as julle seuntjie.

"Daar was niks wat ons kon doen om die teendeel te bewys nie en ook het die menslikheidsfaktor 'n groot rol gespeel. Ek persoonlik het geredeneer, dit sal beter vir 'n seuntjie van twee wees om twee ouers te hê wat hom liefde kan gee en versorg as om in 'n weeshuis te beland. Ons het vir Tyron vir julle gegee.

"Dit was ook reg so, hy is mos ons seun. Julle moes hom vir ons gee," reageer Tony.

"Dit is wat ons daardie tyd gedink het, ja. Tog vermoed ek dat Arlene van die begin af geweet het dat hy nie julle seun is nie, maar sy wou so graag haar seun terughê dat sy hom as julle seun uitgeken het. Dit was maklik, want hy het net sulke donker hare gehad soos die baba wat gesteel is."

"Wat probeer jy sê, Kaptein?" vra Arlene, maar heel rustig.

James hou 'n papier na Arlene en Tony uit en Tony neem dit.

"Hierdie is die uitslae van die DNA-toetse. Tyron is nie julle seun nie … hy is die tweelingboetie van die meisie wat haar familie soek. Om die waarheid te sê, hulle is byna identies."

Tyron se hart bokspring toe hy dit hoor. *My vermoede is bevestig, ek het 'n suster. Dit is geen wonder ek verskil so baie van die res van my familie nie.* Hy wag op sy moeder se uitbarsting, maar niks volg nie.

"Nee, dit kan nie wees nie, julle kan nie nog 'n keer 'n kind van my af wegneem nie," soebat Arlene nou.

Tony is te geskok om te praat, so geskok dat hy nie eers aan Tyron se reaksie dink nie. Hy plaas net sy arm om sy vrou.

"Ons gaan hom nie van julle af wegneem nie, Arlene, dit is hoekom ek jou aan die begin gewaarsku het. Jou gedrag sal bepaal of hy wil bly en of hy self sal kies om te gaan nou dat hy weet hy is nie julle seun nie. Kom ek gee julle bietjie van sy agtergrond.

"Sy biologiese ouers was dwelmverslaafdes. Hulle het vermoedelik hom en sy sussie, Clyde en Tracey, aan 'n egpaar verkoop wat kinderloos was. Die transaksie het by die San Francisco hawe plaasgevind. Iets moes skeefgeloop het en almal het gevlug. Die egpaar het reeds die dogtertjie gehad, maar ons vermoed die ma het die seuntjie net daar gelos en gevlug. Dit is waar die FBI Agent hom gevind het, sekerlik dieselfde dag, of net 'n paar ure later.

"Gene en Vicky King is albei oorlede. Sy sussie se grootmaak-ma het toe sy net twaalf was in 'n woedebui vir haar geskree dat sy gekoop is van dwelmslawe by die San Francisco hawe en dat hulle ook byna haar boetie ook nog gehad het om na om te sien. Beth, of Tracey, het die name

156

en inligting neergeskryf en toe sy sewentien was weer haar ouers gevra of sy hulle kind is. Die vrou het haar aangeval en gesê, natuurlik. Sy het egter dit nie geglo nie en het 'n welsynswerkster gekontak en dit is hoe die soektog begin het.

"Wat nou, gaan julle ons aankla omdat ons hom verkeerd uitgeken het?" vra Arlene bekommerd.

"Nee, Arlene, niemand kan bewys dat jy bewustelik hom as jou eie uitgeken het terwyl jy geweet het hy is nie julle seuntjie nie. Dit is in Tyron se hande om te besluit wat hy wil doen. Daar is wel een voorwaarde aan."

"Wat is dit?" vra Tony.

"As Tyron sou besluit om julle te behou as sy familie, mag julle hom nie verder verbied om sy passie en drome te volg nie. Hy het 'n uitsonderlike talent en dit mag nie vermors word nie. Tyron, dit is jou beurt om te praat, ou seun."

"Kaptein, ek is dankbaar dat my suster my gevind het, maar ek is ook dankbaar teenoor my ouers wat my liefgehad het en my versorg het. Ek sal baie beslis my suster so gou moontlik wil ontmoet, veral omdat u my vertel het dat sy ook 'n tjellis is. Tog sal ek nie my ouers en Glenn kan los nie, hulle is my familie.

"Wat die voorwaarde aan betref, het ek ook 'n aankondiging om te maak. Mamma en Pappa moet nie vir my kwaad wees nie, asseblief. Ek gaan nie B.Com studeer nie, ek het 'n volle beurs gekry om my graad in tjello te doen. As julle dit kan aanvaar en my nog wil hê, bly ek julle seun, ek bring net nog my suster saam."

Tony en Arlene is albei op hulle voete en omhels hom. Die trane vloei vrylik. Die drie hou mekaar vir 'n wyle so vas.

James Wright is dankbaar dat hulle geen bewyse het om Arlene of Tony mee te vervolg nie. *Hoe vervolg jy ouers wat 'n kind in liefde grootgemaak het? Dit is anders as die*

Millners, hulle het 'n kind gekoop en dan haar lewe versuur en haar drome probeer steel.

"Tyron, my kollegas in San Francisco het by die tyd al reeds vir Beth ook ingelig dat julle 'n tweeling is. Jy moet vir my laat weet wanneer jy haar wil ontmoet, dat ons dit kan reël. Sy is nie so gelukkig soos jy om te kan kies om haar ouers te behou nie, want hulle sal vervolg word vir kinderhandel. Ek glo ook nie dat sy daardie keuse sou maak nie, want sy het ook 'n beurs gekry om haar graad in tjello te gaan doen en hulle sou dit nie toelaat nie. Sy is dus nou alleen, behalwe vir haar vriendin waarby sy tuisgaan, haar tjello-onderwyser wat haar al die jare ondersteun het, en nog 'n paar mense wat haar ondersteun ... maar geen familie, behalwe vir jou nie."

"Kan ek dan 'n uitnodiging rig?" vra Arlene.

"Ja, jy kan."

"Ons nooi haar dan om by ons te kom kuier totdat sy universiteit toe moet gaan. Sy en Tyron kan mekaar leer ken en ons almal kan haar leer ken, want my seun se sussie is mos ons familie ook."

"Baie dankie, ek sal met my kollegas gesels dat hulle vir haar van die uitnodiging vertel. Sy sal sekerlik 'n paar dae nodig hê om oor die grootste skok te kom van alles. Ek weet nie hoe dit daar afgeloop het nie. Sodra sy besluit het, sal ek julle laat weet. Dankie dat ons hierdie kritiese situasie soos volwassenes kon hanteer. Tyron, jy het nou gehoor jou geboortenaam was Clyde King. Dit is ook iets wat jy self moet besluit of jy dit wil verander."

"Nee, Kaptein, ek wil nie. Ek is nou al te oud om my naam nou te verander en buitendien ken ek geen ander ouers as my ouers nie."

"Dan is dit reg. Ek gaan eers groet. My sake hier is afgehandel. Ek laat weet wat Beth besluit het oor die vakansie."

Hierdie keer stap hulle almal saam met kaptein Wright uit.

"Kaptein, ek wil u net weer bedank dat u ons so gehelp het, vandag en voorheen. Jammer dat ek so moeilik was voorheen. Maar dit is maar 'n ma-ding, sy sal haar hande af baklei vir haar kinders."

"Dit is reg so, Arlene, ek verstaan. Geniet julle aand, ek praat gou weer met julle. En Tyron, ou seun, nou kan jy maar begin opgewonde raak oor jou toekoms, ek sien al hoe blink dit gaan wees."

"Dankie, Kaptein, ek waardeer dit."

Sodra James vertrek het, gaan die drie terug die huis in. Net binne die deur stop Tyron.

"Mamma en Pappa, ek hoop julle verstaan hoekom ek net moes weet."

"Ons verstaan, my seun. Ons het self geen idee gehad nie. Ons is net dankbaar dat alles so uitgewerk het en dat jy ons nog steeds kies. Jammer dat ons jou deur die jare so vasgehou het, dit is maar deel van ons vrees dat jy weer van ons weggeneem kon word. Wees verseker dat ons jou van nou af sal ondersteun in jou studies en passie," reageer Tony namens hulle.

Arlene is kwaad vir haarself dat sy deur die jare, deur haar vrees gedryf, nie vir Tyron meer geleenthede gegun het nie.

"Kom gee my 'n druk."

Hy hou sy arms uit en plaas dit om die enigste ouers wat hy ken en voor lief is en druk hulle teen hom vas.

"Gaan Pappa-hulle vir Glenn vertel? Ek dink dit is belangrik dat hy weet. Geheime kompliseer net dinge."

"Jy is reg, my seun. Ons kan hom sommer nou dadelik die hele storie vertel en ook dat ons vir Beth genooi het om te kom kuier. Dan sal hy ook voel dat ons hom nie uitsluit nie," meen Arlene.

Tony roep vir Glenn.

"Ek kom, Pappa."

"Wat het die man hier gemaak? En wie is hy?" vra hy dadelik wanneer hy by hulle aansluit.

"Sit, dit is hoekom ons met jou wil praat. Mamma gaan jou van die begin af vertel en dan sal Ouboet by haar oorneem dat jy die hele prentjie kan kry."

"Dit klink ernstig. Is daar iets fout?" vra hy met kommer wat sy voorkop plooi.

"Nee, daar is niks meer fout nie. Alles is opgelos en ons is almal dankbaar en gelukkig," verseker Tony hom.

"Dit het alles begin met Tyron se geboorte..." begin Arlene vertel. Glenn luister en kan die verhaal wat ontvou byna nie glo nie. Dat so iets met sy ouers gebeur het.

"Genugtig, Mamma, dit is verskriklik," val hy haar in die rede as sy net klaar vertel het hoe Tyron gesteel was en watter hel hulle deur gegaan het. Tyron self, het ook nou baie meer begrip oor hoekom sy moeder nie daaroor wou praat nie.

"Dit het nie daar geëindig nie. Twee jaar later het kaptein Wright, die man wat vroeër hier was, hier opgedaag..." sy deel met hom die hele storie van hoe hulle Tyron terug gekry het. Of gedink het hulle het hom teruggevind.

"Sjoe, ek is dankbaar dat hulle my ouboet kon opspoor. Dit sou niks lekker gewees het sonder jou nie, Ouboet."

"Ag Glenn, jy is kosbaar. Dit is egter nog nie die einde van die verhaal nie. Kom ek vertel jou die res daarvan."

Weereens hang die seun se mond behoorlik oop vir sy Ouboet se vertelling.

"Beteken dit dat jy nie my eie broer is nie, Ouboet?"

"Dit is wat dit in die praktyk beteken, maar ek kan jou verseker, nie my eie ouers of suster kan meer my familie wees as wat julle is nie. Bande word soms nie deur bloed gebind nie, maar deur liefde. So, jy is my broer en Mamma en Pappa is my ouers. Ek is lief vir julle en sal altyd wees. Beth gaan net nog 'n toevoeging in my lewe wees – iemand wat 'n bloedband ook met my het. My wens is dat sy jou suster, net soveel soos my suster sal wees en ook 'n dogter vir Mamma en Pappa."

"Ek is so bly jy is nog my broer, Ouboet. Ek is baie lief vir jou. Dit sal *cool* wees om 'n suster te hê. Lyk sy soos jy? Julle is mos 'n tweeling?"

"Ek weet nie, maar ons sal binnekort almal uitvind. Wat ek wel van haar weet, is dat sy ook 'n tjellis is."

"Wow, Ouboet, dan gaan julle mos lekker saam speel, ek kan nie wag om dit te hoor nie."

Die Harrisse bring die aand rustig saam deur. Dit is asof daar 'n nuwe dankbaarheid vir mekaar onder hulle pos geneem het. Hulle kan net bid dat hulle eie seun ook so dankbaar en gelukkig soos Tyron is.

In San Francisco het Duane en Vivian Millner soos die spreekwoordelike naald in 'n hooimied verdwyn. Alhoewel padblokkades opgestel is op alle hoofpaaie, en adjudant Bristol se manne en 'n menigte ander van die polisiemag dadelik begin soek het na die voertuig. Daar gesorg is dat die polisie op die lughawe hulle sal keer as hulle probeer uitvlieg. Ten spyte van alles het hulle nog geen sukses gehad om hulle op te spoor na 'n week nie. Oral op televisie en in die koerante is foto's van hulle geplaas vir as mense hulle dalk mag uitken.

Intussen het Beth met die hulp van kaptein Woods en Victoria al haar persoonlike besitting uit die huis gaan verwyder. By een so 'n geleentheid, het hulle hul vasgeloop in 'n eiendomsagent. Dié het verduidelik dat sy al 'n maand gelede opdrag ontvang het om die Millners se huis te verkoop en die geld in 'n Switserse bankrekening in te betaal. Dit blyk dat Kevin reg was met sy aanname dat hulle beplan het om in Switserland te bly na hul beplande vakansie.

"Gaan julle die meubels verwyder, want dit was nie deel van die ooreenkoms nie," vra sy aan Kevin.

"Dit is nie ons verantwoordelikheid nie. Beth het reeds haar goed verwyder. Ek wonder nou net, hoe gaan jy die eiendom verkoop as hulle nie die koopkontrak kan teken nie? Julle word deur die wet verplig om ons in kennis te stel as julle enige kontak met hulle maak. Hulle is voortvlugtende kriminele. Indien julle dit nie sou doen nie, kan julle as medepligtiges aangekla word. Dit lyk dus of hierdie eiendom nie vinnig gaan verkoop word nie. Ek dink ons sal 'n beslagleggingsbevel kry en dan kan dit deur die staat verkoop word en die opbrengs kan na Beth gaan."

"As dit is hoe die stand van sake is, sal ons beslis nie die eiendom kan verkoop nie ... of miskien tóg. Die eiendom is in hulle dogter se naam. Ons het wel volmag om die koopkontrak te teken."

"In daardie geval maak dit ons werk nog makliker. Ons sal sorg dat julle van die Meester van die Hof instruksies ontvang om die eiendom te verkoop en die geld in Beth se rekening in te betaal. Sy moet 'n nuwe lewe begin en sal die fondse baie nodig hê. Hierdie mense het nie geskroom om haar net so agter te laat nie, wetende dat hulle nie beplan om terug te keer nie. Julle het niks om te verloor nie, want julle kry steeds julle kommissie."

"Dit is in orde so. Ek is stomgeslaan dat hulle hul dogter net so agter gelos het. Ons wag dan vir die instruksies."

Beth, Megan, Victoria, Kevin, John en Marjorie eet vir 'n laaste keer saam voor Beth die volgende dag Reno toe

162

vertrek om haar broer, Tyron, te gaan ontmoet en by die Harrisse haar vakansie deur te bring.

"Hoe voel jy oor môre?" vra Victoria.

"Opgewonde ... ek kan nie meer wag om my broer te ontmoet nie. Sy familie klink ook na wonderlike mense. Dit is geen wonder dat hy gekies het om hulle in sy lewe te hou nie."

"Dit was nie altyd so rooskleurig vir hom nie. Hulle het hom goed versorg, maar net soos jy, is hy ook baie vasgehou en moes baie kanse opoffer. Dit is ook sy musiekonderwyseres se toedoen dat hy begin tjello-lesse neem het. Hy het ook vreeslik met sy ouers baklei daaroor. Hy mag tot nou ook glad nie in die openbaar optree nie. En sy ouers het eers met my kollega se besoek gehoor dat hy vir sy graad in musiek gaan studeer," vertel Kevin.

"Dit is fantasties om te hoor dat sy passie vir die tjello net so groot soos myne is. Dink net, in die toekoms gaan ons saam gehore kan vermaak."

"Vermaak, noem jy dit ... ek dink eerder as hy naasteby so goed soos jy is, en dit klink so, dan gaan julle gehore hipnotiseer met julle briljantheid," laat John hoor.

"Die opdrag van die Meester het ook na die agent gegaan vandag. Binnekort gaan jy dus 'n meisie wees wat 'n stewige bankrekening het. Dit sal jou help om jou eie plekke te kan bekom en selfs 'n motortjie. Daarna sal jy nog kapitaal hê om vir jou eerste toer te betaal. Die huis is reg geleë en baie luuks. Dit sal vir 'n baie goeie prys verkoop."

"Werklik, juffrou Victoria. Ek is dankbaar, want dit sou glad nie lekker gewees het om van ander finansieel afhanklik te moes wees nie. Hoe sê meneer Krige altyd: Ons Vader het alweer gesorg."

"Net so, Beth."

Later die aand neem sy van almal behalwe Megan afskeid. Daar is net dankbaarheid in haar hart vir al die hulp en emosionele ondersteuning wat sy van hierdie mense ontvang het.

Megan gaan sien haar by die bus, waarmee sy Reno toe reis, af.

"Stuur asseblief foto's van jou broer en sy familie. Een van julle twee saam, dit wil ek in my kamer sit om my te herinner hoe dankbaar ek elke dag vir my eie ouers moet wees. Ek sien jou oor drie weke. Geniet elke oomblik, laat weet vir my of hy ook so 'n uitsonderlike mens soos jy is. Ek is lief vir jou, vriendin."

"Megan, ek het nie woorde om jou te bedank nie. Jy en jou familie het my ingeneem en elke dag bemoedig en vertroos. Dra my liefde ook aan hulle oor. Ek sal jou mis en elke dag met jou praat. Man, hierdie nuwe selfoon-besigheid is 'n goeie besigheid. Lief vir jou ook."

Hulle druk mekaar voor die bus vir Beth insluk en Megan omdraai om terug te keer huis toe.

Hoofstuk 13

In Reno wag daar vier mense wat baie opgewonde is, maar Tyron se opgewondenheidsvlakke oorskry die res by ver.

"Hoe sal ons weet hoe sy lyk?" vra Glenn bekommerd.

"Ons sal weet, want volgens kaptein Wright lyk sy en Tyron baie na mekaar," stel Arlene hom gerus.

"Glenn, ons gaan eers vir Ouboet kans gee om haar te gaan ontmoet en daarna sal ons haar gaan ontmoet," laat Tony hoor.

"Dit is reg so, Pappa. Daar kom die bus!"

Hulle wag tot die bus tot stilstand kom en die passasiers begin uitklim. Tyron neem stelling in voor die bus se deur, maar net ver genoeg dat hy nie in die pad is nie.

Met sy byna swart hare, besonderse groen oë en lengte kan niemand hom miskyk nie. Tyron se oë is op die deur, maar binne in die bus soek Beth se oë deur die mense langs die bus. Dan val haar oë op 'n lang jongman, met donker hare, wat naby die deur staan en haar hart klop vinniger van opgewondenheid.

Dit moet hy wees! Dit moet my broer, Tyron wees ... hy lyk werklik na my.

Nou baie opgewonde, beur sy na die deur soos 'n dier wat uiteindelik die kans gaan kry om uit 'n hok te ontsnap. Wanneer sy by die boonste trappie van die uitgaan staan, sien Tyron haar.

Dit is ongetwyfeld, Beth! Kaptein Wright was reg, sy lyk soos ek. Selfs haar oë is dieselfde as myne.

Hy gee twee treë tot reg voor die deur en wanneer sy by die laaste trap kom, spring sy in sy arms.

"Ek het jou gevind, ek het jou gevind!" huil sy.

Hy hou haar in sy arms vas en gee 'n paar treë terug om nie die ingang te blokkeer nie. Trane rol oor sy wange – trane van dankbaarheid.

"Beth, Beth," herhaal hy haar naam. Sy kyk op en dit voel asof sy haarself in die oë kyk.

"Dit is so wonderlik om jou te ontmoet om hier in jou arms te staan. As ek in jou oë kyk, voel dit asof ek myself in die oë kyk, my boet."

"Sjoe, jy het geen idee hoeveel nagte ek hierdie ontmoeting oor en oor in my kop laat afspeel het nie. Toe ek jou in die deur sien, het ek geweet dit is jy. Ek kan nie wag om met jou te gesels en te ontdek wat ons nog alles in gemeen het nie."

"Tyron, jy eggo my optrede van die laaste week. Vandat ek die uitnodiging ontvang het, kon die dae nie vinnig genoeg om gaan nie. Al die ander dinge wat gebeur het – my ouers wat net verdwyn het en al die emosionele laste het net verdwyn. Ek wou net by jou wees, jou net ontmoet, jou stem hoor, jou leer ken."

"Dat ons 'n tweeling is, is voorwaar 'n feit soos 'n koei. Kom ek gaan stel jou voor aan my familie wat nou ook jou familie gaan word. Hulle is wonderlike mense. Jy sal vir Glenn baie geniet." Tyron hou sy arm besitlik om haar lyf, asof hy bang is sy sal weer verdwyn.

"Pappa, Mamma, en Glenn, ontmoet vir Beth. Beth, Tony Harris, my pa, Arlene Harris, my ma en dan my sjarmante kleinboet, Glenn Harris."

"Baie aangenaam om julle te ontmoet," groet Beth. Die Harrisse aanvaar nie dit nie en maak 'n sirkel om hulle en druk hulle in die middel vas.

"Baie welkom in ons familie, Beth. Ons is voorwaar geseënd om 'n dogter by te kry," verwelkom Tony haar.

"Ja, welkom Beth, onthou ons is nou ook jou familie. Nou sal ek nie meer so alleen wees tussen die manne nie," terg Arlene.

"Wow, Ouboet, Beth lyk net soos jy, of is dit nou jy wat soos Beth lyk. Hoe om ook al. Mamma, kyk Beth het dieselfde kriptoniet groen oë soos Ouboet."

"Hi Glenn, goed om jou ook te ontmoet. Ek is voorwaar geseënd. Ek verloor 'n ma en pa en ek vind 'n ma, pa, en sommer twee broers. Dit is wat ek ons Vader se oorvloed noem. Baie dankie, ek waardeer julle hartswoorde en dat julle my dadelik as familie aanvaar, ek waardeer dit opreg."

"Kom ons kry gou jou bagasie, dan kan ons vertrek. Ons het so baie om oor te gesels."

Tyron stap saam met haar om haar bagasie te kry. Hy glimlag net as hy sien sy het haar tjello gebring. Daarna vertrek hulle.

Die dae wat volg, gaan hulle bedags as familie uit om te gaan ski, of een of ander aktiwiteit te doen en saans kuier hulle saam om die kaggelvuur met warm sjokolade. Wanneer Tony, Arlene en Glenn gaan slaap, gesels broer en suster nog tot laat in die nag. Dit is ook die tyd wanneer hulle tyd in Tyron se musiekkamer deurbring en saam tjello speel. Nie lank in Beth se vakansie in nie, komponeer hulle hul eerste stuk musiek saam wat hulle *Stronger Together* noem. Dit is kenmerkend hoe die stuk treurig begin en dan aan die einde vrolik en lig eindig.

Tyron gaan stel haar aan juffrou Turner en Ina Dimicelli voor. Hulle is albei verstom hoe baie die twee jongmense na mekaar lyk. Hulle gee aan elkeen 'n band waarop hulle *Stronger together* opgeneem het.

"Laat ons maar weet of ons dit as komponiste ook dalk sal maak en nie net as tjelliste nie," lag Tyron.

"Ek brand om hierna te gaan luister. Ek gaan dit beslis in my motor op pad huis toe luister," antwoord Ina begeesterd.

"Beth, jy gaan dus ook volgende jaar jou graad in tjello doen?" vra juffrou Turner.

"Ja, Juffrou. Ek was ook so gelukkig om 'n musiekmoderator te hê wat 'n hart van goud het. Sy het vir my 'n beurs gekry."

"Ek is opgewonde om na hierdie band te gaan luister," verklaar juffrou Turner.

"Dankie vir die kuier, Juffrou en mevrou Dimicelli. Ek moes darem net my sussie aan julle voorstel. Dan wag ons om van julle te hoor wat julle mening is oor die musiek."

"Dit was nou spesiaal, julle. Dankie dat ons haar kon ontmoet. Glo jy my, ek sal jou vandag nog skakel, *you know I am your biggest fan*," groet Ina.

Die vroue is albei so nuuskierig om na die musiek te luister, dat hulle dadelik die band in druk as hulle by hul voertuie kom.

Ina Dimicelli luister aandagtig. Sy is in vervoering en die tweeling se uitvoering daarvan slaan haar asem weg.

Tyron en Beth is op pad huis toe. Beth het die twee dames baie geniet.

"Ty, mevrou Dimicelli is 'n regte prima donna ... ek het haar so geniet. Juffrou Turner is meer bedees, maar ook pragtig."

"Beth, dit is te danke aan mevrou Dimicelli dat ek daardie beurs gekry het. Ek geniet haar net so en sal haar mis. Sy het so 'n miniatuur Pomeranian, genaamd Vlooi. Wanneer sy prakties modereer, hang sy haar handsak waarin Vlooi sit, aan die deurknop op en daar sit Vlooi terwyl ons ons harte uit speel. Dit is te kostelik."

"Dit kan ek glo. Jy weet Ty, met alles wat in ons lewens gebeur het, was die Vader steeds goed vir ons. Kyk net die wonderlike mense wat Hy oor ons pad gestuur het. Dit verstom my daagliks hoe baie dinge in ons lewens presies dieselfde gebeur het. Nie meneer Krige of ek het geweet dat mevrou Watts aansoek gedoen het vir 'n beurs vir my nie. Na my finale eksamen het sy net die brief aan my gegee."

"Dit is 'n baie seker saak, Beth. Ja, mevrou Dimicelli het ook 'n groot rol in my lewe gespeel tot nou. Sy het werklik my lewe ingekleur met haar persoonlikheid."

Die twee was nog skaars by die huis, as Arlene vir Tyron na die telefoon roep.

"Tyron, hier is 'n dame wat met jou en Beth wil praat."

Tyron glimlag vir Beth, en wink vir haar om hom te volg. Hy het 'n redelike goeie idee wie dit is.

"Tyron, middag."

"Tyron, kan daardie foon van julle op luidspreker gestel word?" hoor hy Ina Dimicelli se stem.

"Ja, Mevrou. Ek sit dit op luidspreker."

"Beth, is jy ook daar?" vra sy.

"Ja, Mevrou, ek is." Beth glimlag vir haar broer.

"Heel eerste wil ek weet wie het die musiek komponeer wat julle uitgevoer het op daardie band? Dit kan onmoontlik julle self wees!"

"Ons het," antwoord hulle saam. Daar is 'n doodse stilte vir sekondes.

"Werklik? Het julle werklik daardie briljante stuk musiek gekomponeer?"

"Ja, Mevrou."

"Ek wonder nou maar net of daardie professors nie vir vier jaar net julle tyd gaan mors nie. Wat wil hulle vir julle twee leer van die tjello en musiek? Julle is eenvoudig briljant. Fenomenaal, sê ek vir julle!"

"Werklik, dink u so, Mevrou?" vra Beth.

"Beth, jy ken my nog nie so goed soos Tyron my ken nie. Ek is 'n baie reguit mens en as ek vir jou vertel jy is fenomenaal, kan jy dit maar glo. Ek sal nie skroom om vir iemand te sê as ek dink julle het geen idee wat julle doen nie. Julle twee is fantasties saam. Daardie stuk musiek het soveel hart en siel, julle sal enige gehoor in trane hê daarmee. Ek dink julle moet begin werk aan 'n portefeulje en so gou moontlik julle eerste publieke debuut maak."

"Bedoel Mevrou voor ons nog klaar gestudeer het?" vra Tyron in ongeloof.

"Ja, Tyron, ek sal aanbeveel in julle eerste lang vakansie nadat julle genoeg musiek bymekaar het. Dit sal goed wees as julle bekende stukke van die meesters met jul eie kan kombineer om 'n program saam te stel. Hierdie stuk musiek het julle gekomponeer en dadelik gespeel en dit klink asof julle al jare professioneel speel.

"As daardie Prof wat jou beurs toegestaan het, hierdie musiek hoor, sal hy sekerlik wonder wat jy daar gaan soek. Maar julle is nou klaar ingeskryf, doen wat julle moet doen en geniet die studentelewe, maar optredes moet ons vir julle bespreek so gou julle reg is met die musiek."

"Mevrou, ek het nie woorde nie, baie dankie. Ons sal dit bespreek en begin werk aan u aanbeveling. Dankie, u ondersteuning is vir ons goud werd."

"Julle praat net die woord en ek sal met my kontakte gesels oor opvoerings."

"Baie dankie, ons waardeer u hulp en sal beslis op u nommer druk."

"Dit is 'n plesier. Toe, gaan komponeer nog sulke briljante werk, ek kan nie wag om dit te hoor nie. Beth, stuur vir my daardie musiekonderwyser van jou se kontaknommer, asseblief, ek wil hom bedank vir sy bydrae in jou lewe."

"Ek maak graag so, Mevrou. Sy naam is John Kriger."

Sodra Tyron die verbinding verbreek, gryp hy en Beth mekaar en dans in die rondte van opgewondenheid. Tony, Arlene en Glenn, wat ook die gesprek gehoor het, klap vir hulle hande.

"Nou ja, dit klink mos vir my of julle twee die harte van baie gaan verower met daardie groot viole van julle," lag Tony.

Tog is hy vrek trots op hulle twee. Die Beth-meisiekind het vinnig in hulle almal se harte gekruip.

"Sjoe, Ouboet, dit klink of Beth en jy beroemd gaan raak nog voor julle graad gevang het," reageer Glenn trots.

Vir die tyd wat Beth nog daar is, komponeer en bespreek hulle hul plan van aksie vir die volgende jaar.

"Ons kan optredes vir ons vakansietye skeduleer. Terwyl ons swot, kan ons ons optredes beperk tot San Francisco en Reno. Een van ons kan mos net vlieg na waar die optrede is."

"Dit is 'n perfekte plan, Ty. In San Francisco het ek geen twyfel, sal meneer Krige ons help om optrede geboek te kry en hier het ons vir mevrou Dimicelli wat vuur en vlam is. Ons moet net besluit watter musiek ons vir elke optrede wil gebruik en sorg dat ons doen wat ons goed in is."

"Gelukkig is dit nie vir een van ons werk om lang ure op 'n tjello te spandeer nie en die tyd is uiteindelik hier waarvoor ons albei so lank gewag het."

"Ja, ek onthou goed hoe gefrustreerd ek was as meneer Krige vertel het van al die Eisteddfods wat hulle bygewoon het en ek nie kon nie. Tog dink ek dat ons Vader 'n spesiale plan vir ons albei gehad het. Kyk net hoe spesiaal is dit dat ons mekaar gevind het, saam kan ons

ons eerste komposisie doen en dit self uitvoer. Ek sien uit na elke oomblik wat ons saam gaan deel op elke verhoog van al die groot operahuise in hierdie land, en oor die wêreld."

"Jy is heeltemal reg, dit is beslis baie besonders en spesiaal."

'n Paar dae later groet hulle vir Beth. In die drie weke het hulle almal 'n baie hegte band gebou. Vir Tony en Arlene voel dit werklik asof hulle hul eie dogter afsien. Tyron kan nie glo dat hulle mekaar net drie weke ken nie, dit voel vir hom asof hulle maar nog altyd so naby mekaar was.

"Geniet elke oomblik van jou studies, en onthou jou huis is hier by ons," groet Tony en Arlene.

"Baie dankie, natuurlik is dit my huis, want my broers en ouers is dan hier."

Twee weke later begin Tyron en Beth hulle studies – die een in Reno en die ander in San Francisco. Steeds kan die kilometers tussen hulle nie die band wat daar is, verbreek nie.

Albei is dankbaar dat tegnologie intussen die selfoon uitgevind het en hulle daagliks met mekaar kan praat, gedagtes kan uitruil oor hul volgende komposisie, vir mekaar musiekgrepe kan opneem en stuur om die ander een se mening te kry. Dit is so goed of hulle is bymekaar.

Die storie word vervolg in:

Geagte Leser,

Ons hoop dat u ons boek geniet het en dit boeiend gevind het. U terugvoer is baie belangrik vir ons en vir toekomstige lesers.

Ons sal dit baie waardeer as u 'n paar oomblikke kan neem om 'n resensie op Amazon te skryf. U mening help ander om ingeligte besluite te neem en dit help ons om beter te verstaan wat ons lesers waardeer.

Baie dankie vir u ondersteuning!

Vriendelike groete,
Malherbe Span